Muito mais que um crime

Philippe Besson

Muito mais que um crime

TRADUÇÃO
Arnaldo Bloch

VESTÍGIO

Copyright © 2023 Editions Julliard, Paris
Copyright desta edição © 2024 Editora Vestígio

Título original: *Ceci n'est pas un fait divers*

Todos os direitos reservados pela Editora Vestígio. Nenhuma parte desta publicação poderá ser reproduzida, seja por meios mecânicos, eletrônicos, seja via cópia xerográfica, sem a autorização prévia da Editora.

DIREÇÃO EDITORIAL *Arnaud Vin*	ADAPTAÇÃO DE CAPA ORIGINAL *Diogo Droschi*
EDITOR RESPONSÁVEL *Eduardo Soares*	FOTOGRAFIA DE CAPA *Laurence Salaün*
PREPARAÇÃO DE TEXTO *Sonia Junqueira*	DIAGRAMAÇÃO *Waldênia Alvarenga*
REVISÃO *Roberta Medeiros*	

Dados Internacionais de Catalogação na Publicação (CIP)
Câmara Brasileira do Livro, SP, Brasil

Besson, Philippe
  Muito mais que um crime / Philippe Besson ; tradução Arnaldo Bloch. -- São Paulo : Vestígio, 2024.

  Título original: Ceci n'est pas un fait divers
  ISBN 978-65-6002-025-2

  1. Romance francês 2. Feminicídio I. Título.

24-192010   CDD-843

Índices para catálogo sistemático:
1. Romances : Literatura francesa 843

Eliane de Freitas Leite - Bibliotecária - CRB 8/8415

A **VESTÍGIO** É UMA EDITORA DO **GRUPO AUTÊNTICA**

São Paulo
Av. Paulista, 2.073 . Conjunto Nacional
Horsa I . Sala 309 . Bela Vista
01311-940 . São Paulo . SP
Tel.: (55 11) 3034 4468

Belo Horizonte
Rua Carlos Turner, 420
Silveira . 31140-520
Belo Horizonte . MG
Tel.: (55 31) 3465 4500

www.grupoautentica.com.br
SAC: atendimentoleitor@grupoautentica.com.br

A T., cujo pungente testemunho fez este livro germinar.

*E para Sophiane,
que esteve magnificamente presente
nas horas incertas.*

Pauline... ela é discreta, ela esquece que é bela
Ela tem por todo o corpo manchas da cor do céu
Seu marido chega em breve, ela nem quer pensar nisso
Quando ele toma seu braço, não é para fazê-la dançar.

Bigflo et Oli, "Dommage"

O que há de escandaloso no escândalo
é que a gente se habitua a ele.

Simone de Beauvoir

1

Primeiro, no telefone, ela não conseguiu falar. Mas teve forças para digitar meu número e esperar o sinal soar quatro vezes. Eu estava ocupado não sei com o quê, atendi no último toque, ela me ouviu dizer seu nome, aflito, com medo de ter perdido a chamada, mas na hora de falar nenhum som saiu, nenhum, como se ela de repente tivesse ficado muda, *sob a violência do choque*.

Do meu lado, eu não sabia de choque nenhum. Só sabia que minha irmã menor estava ligando, o que era raro, a gente não se falava muito, e, nas vezes em que se falava, era cara a cara, quando eu vinha de Paris nos fins de semana.

Fiquei um pouco surpreso, mas não alarmado. O alarme soou quando ouvi sua respiração, e somente sua respiração, soprar como o fôlego de alguém que está sufocando. Era isso: no telefone, ela sufocava. Então, gritei: "Léa? Léa, é você?", e não veio resposta.

Eu poderia supor: é ela, me passando um trote; ou apoiou o dedo na tecla do meu contato sem querer e não sabe que estou na linha, são coisas que acontecem; mas não pensei nada disso.

Poderia imaginar que fosse uma terceira pessoa do outro lado da chamada, alguém que tivesse roubado seu celular; ou alguém que ligasse no seu lugar por algum impedimento, mas também não pensei assim: tinha certeza de que era ela. Aquela respiração, mesmo curta, alterada, era a sua, sem dúvida. Não havia possibilidade de eu estar enganado. A prova viva da intimidade é esse tipo de certeza.

Como ela permanecia muda, insisti, dessa vez de modo suave, escondendo os sinais da ansiedade, abafando os traços da impaciência, adivinhando que era preciso ser gentil.

Então, finalmente, ela murmurou.

– Aconteceu uma coisa.

Recordo com clareza o frio na espinha, estava sentado numa banqueta diante da pequena mesa de cozinha em meu estúdio parisiense, e aquele frio fez minhas costas travarem. Não sei por que essa lembrança é tão exata no meio de tantas outras que ficaram borradas e exigiriam um grande esforço para evocar.

Meu terapeuta saberia dizer.

Talvez alguns momentos decisivos marquem a memória, e sabemos, na hora mesma em que acontecem, que eles são, de fato, decisivos.

Não perguntei *o que aconteceu*, teria tempo de sobra para isso, pressentia que minha irmãzinha estava prestes a falar mais, apesar da voz anêmica, apesar do fôlego preso.

Antes de continuar, Léa deixou uma infinidade de segundos se passarem (pelo menos dez); os segundos necessários para que ela controlasse o pulso e pudesse dizer o indizível.

Era a única portadora de uma verdade que logo traria à tona, que pertencia somente a ela, esse era o único motivo da ligação, a escolha do interlocutor era uma evidência, ela tinha hesitado num primeiro instante, tomada por uma

viva emoção, mas era capaz e terminaria por dizer aquilo que tinha que ser dito.
 Foi o que fez.
 – Papai acabou de matar mamãe.

2

Léa tinha treze anos. Eu, dezenove.

A gente não estava pronto para uma catástrofe desse tipo e dessa amplitude.

Ninguém nunca está. É óbvio.

Acontece que foi assim.

3

Outros protestariam: o quê? ficou maluca?, ou pediriam que ela repetisse para ver se entenderam bem (quem pede para repetir sempre entendeu bem, mas obedece a um reflexo pavloviano, não acredita, não pode acreditar no que ouviu ou está em negação). Eu não gritei, não protestei, só pedi explicações, quis saber as circunstâncias exatas, a maneira como as coisas aconteceram. Foi o que me veio. O fato não podia continuar assim, genérico, submerso; o fato pedia detalhes concretos, substanciais, tangíveis. Precisava de fronteiras e limites.

Léa não respondeu.

Claro. Não se deve fazer esse tipo de pergunta a uma criança de treze anos, menos ainda à filha da vítima. Então reduzi minhas exigências, baixei o tom e lancei a hipótese que me pareceu menos medonha, na qual eu sustentava, mesmo sem crer, uma última esperança:

"Não foi intencional..."

Ela se limitou ao estritamente necessário:

– Sim.

Um *sim* calmo, definitivo. Que nos enviava diretamente ao inferno.

Então, foi minha vez de calar. Aturdido, nocauteado, esmagado pela notícia. É preciso reconhecer o quanto era enorme e inesperada. Ainda hoje, quando me ocorre evocar na memória as palavras ditas por Léa, ou quando elas voltam a ecoar, autônomas, com uma nitidez espantosa e uma facilidade constrangedora, eu me vejo, mais uma vez, surpreso e arrasado. E sigo sem acreditar que, um dia, tenham sido pronunciadas.

Caí num abatimento súbito. Minha mãe estava morta. Minha mãe, que contava tanto, que eu tanto amava – a traiçoeira palavra que idiotamente eu nunca tinha pronunciado – e de quem eu seria privado para sempre, agora que entrava na idade adulta. A notícia iria abreviar essa entrada, como uma fritura lançada em óleo fervente (essa imagem, mesmo desconcertante, é a mais exata). A tristeza tomou conta de mim. Não provocou soluços nem lágrimas – o susto bloqueava o fluxo –, mas estava ali, sem dúvida, misturada à aflição, ao tormento e tantas outras designações.

Também tive um sentimento de horror. Minha mãe tinha sofrido uma morte violenta. A gente acredita sempre que a morte de nossos pais virá tardiamente, calma, com tempo de se preparar para ela. Tememos a doença. Descartamos a hipótese do acidente, por falta de imaginação ou por superstição. E nunca consideramos o homicídio. Nunca a execução. Isso só acontece nos filmes ou nos jornais sensacionalistas.

Depois veio a indignação. Minha mãe acabava de perder a vida sem defesa, ou incapaz de controlar a situação. Ela era uma mulher delicada. Meu pai, uma força da natureza. Diante dele, não teria como escapar.

Saber pelo telefone tornava a coisa ainda mais irreal, enigmática. Eu estava perdido. O que era, também, minha culpa: eu tinha me afastado demais, por demasiado tempo. Vou voltar a esse assunto mais tarde.

A respiração de minha irmã no aparelho botou tudo em segundo plano: havia urgências a administrar e eu era a pessoa que podia, que devia, fazer isso. Não foi *também* por isso que ela me ligou?

4

— Onde você está agora?
— Na cozinha.
— Só?
— Com mamãe.

Ela disse *mamãe* como se nossa mãe ainda estivesse *em vida*, fosse uma pessoa, e nada tivesse mudado.

Reprimi um soluço.

Depois, visualizei a cena. Continuava a ignorar as circunstâncias, mas não era difícil imaginar o cadáver no chão, banhado em sangue. Quando digo *não era difícil*, por favor, não me entenda mal. Claro que era horrível. Insustentável. Mas, como eu conhecia perfeitamente o lugar da cena, as imagens brotavam, por dedução, racionalizadas.

Assim, *vi* Léa junto ao cadáver de nossa mãe.

Permita que eu me demore um pouco sobre esse fenômeno. A cena, claro, eu jamais vi, pra valer. Mesmo assim, ela continua a me assombrar.

— E papai? Continua aí?
— Não. Ele fugiu. Não sei para onde.

De novo, imaginei (era meu modo de corrigir a distância, a ausência, minha deserção na hora mais grave): primeiro, ele recuou, sem dúvida um pouco atordoado, antes de sair correndo como um simples covarde. Talvez nem tenha chegado a bater a porta ao sair. Na ruazinha em frente à casa, cambaleou como um bêbado qualquer. Apaguei imediatamente essa imagem. Porque ela atenuava a dimensão do ato.

— Você tem certeza absoluta de que mamãe...
— Sim.

Eu não nutria esperança, mas quem nunca esteve antes na presença de um cadáver pode se enganar, certo? Os golpes desferidos (se é que eram golpes) poderiam não ter sido fatais. Por outro lado, o *sim* era bastante eloquente. Por mais abalada que Léa estivesse, sua inteligência permanecia intacta. (Eu descobriria mais tarde que ela tomou o pulso de mamãe, outra visão insustentável.) E, nessa tempestade, os fatos consumados, as verdades simples eram a bússola de Léa.

Sei que não cheguei a terminar minha pergunta, nem pronunciei o termo fatídico (disso, também, eu tenho certeza). Na hora, me perguntei se eu não tinha tropeçado na realidade, como um cavalo refuga diante do obstáculo. Ou se me faltou coragem. Ou se minha intenção era a de suavizar a pergunta. Hoje, creio que Léa me cortou a palavra. Que foi ela que escolheu me proteger.

— E você, se machucou?
— Não.

Ele não avançara sobre Léa (eu deveria acrescentar: *graças a Deus*, mas não havia nenhum deus a agradecer e, se existisse um, teria que dividir a culpa). Mais tarde, seria o caso de determinar se meu pai havia ameaçado ela, ou tentado algo (o que adicionaria horror aos fatos), mas o que importava era que Léa estivesse sã e salva. Era a única boa notícia no dia do apocalipse.

— Não fica na cozinha, por favor. Sobe pro quarto, fecha a porta com chave e não sai de lá.

Era fundamental ela estar protegida e, sobretudo, preservada do espetáculo terrível a que assistia. Se eu mesmo já estava tomado pelo espanto e pelo pânico, em que estado ela poderia estar?

Talvez Léa tivesse assistido à execução, mas isso eu não ousei perguntar. Falaríamos desse assunto pessoalmente.

— Se preferir, vai para a casa da Sra. Bergeon.

Eu improvisava. Ficar em casa, mesmo trancada, podia parecer mais cômodo, mas também perigoso, se nosso pai voltasse. Procurar refúgio na casa da vizinha oferecia a vantagem da segurança. A menos que o assassino — era assim que ele deveria ser chamado, não? — ainda estivesse circulando na área.

— Prefiro o meu quarto — ela decidiu.

— Como você preferir.

Um universo reconfortante, um casulo, um lugar onde nada podia acontecer. Aliás, uma cozinha também não é um lugar onde algo deva acontecer. Uma cozinha não é um lugar onde a gente espere ser morto.

— Vou avisar à polícia. Eles vão chegar rápido. Vou pegar o primeiro trem-bala.

— Ok.

— Ligo quando estiver no trem. Conta comigo, viu?

— Ok.

5

Depois de desligar o telefone, fiquei sentado na banqueta.

Tinha que ligar correndo para a polícia, comprar a passagem de trem, mas, em vez disso, fiquei procurando na memória a última vez que tinha visto minha mãe.

Lembrei: três semanas antes. Ela tinha me acompanhado até a estação de trem.

Tentei evocar suas últimas palavras e não consegui. Foram sem dúvida palavras sem importância. Alguma coisa do tipo: você está levando as chaves?

Procurei reconstituir a última imagem. Na minha memória, ela estava de pé na plataforma e acenava para se despedir. Provavelmente respondi a ela com o mesmo gesto, mas não tinha certeza.

Minha imprecisão, essa flutuação, me torturava.

Senti que não conseguiria me recompor assim, de imediato. Precisava colocar as ideias em ordem para não sucumbir à vertigem e cair, inconsciente.

Como depois de doar sangue.

Precisava pensar, sair da barreira de loucura instalada pela breve conversa com minha irmã, e retomar alguma forma de controle.

Então pronunciei as palavras, destacando uma a uma: *meu pai acaba de matar minha mãe.*

Era o que se impunha: dizer as palavras em voz alta, com intenção de estabelecer sua consistência, sua materialidade, de dar a elas um sentido; na esperança irracional de afastar, ao menos um pouco, o seu teor.

Mas o resultado foi muito diferente. Diante da mesinha, eu me dei conta de que, apesar de estar em choque, eu não estava, de todo, surpreso.

Pensei: aquilo *devia* acontecer.

Ou melhor: aquilo *podia* acontecer.

Mesmo que eu jamais tivesse feito, antes daquele momento, uma previsão como aquela.

Então... como?

Então, ela *devia* estar impressa no meu inconsciente e, de repente... emergiu.

Tarde demais.

Mas não.

Expulsei a ideia. Não era hora de sucumbir a coisas desse tipo. Além disso, eu desconfiava que esse enigma voltaria, e eu teria que encarar os fatos. Agora, era urgente deletar.

Normalmente, eu deveria digitar o 17. Em vez disso, procurei e achei o número da delegacia de Blanquefort. Por quê? Porque eu disse para mim mesmo: se discar o 17, vou cair na linha de um desconhecido trancado numa sala sabe-se lá onde, sentado num balcão com um *headphone* abafando as orelhas, alguém que vai seguir um procedimento formal, um protocolo, que vai pedir que eu soletre, que repita, depois vai duvidar do meu relato, então pensei: se discar o 17 vou acabar perdendo tempo e não vou suportar ser tratado com complacência ou suspeição. Imaginei que eles recebiam muitas chamadas e que seu primeiro reflexo seria o de fazer uma triagem, porque boa parte das ligações devem ser de lunáticos ou de gente que ocupa as linhas com incidentes banais. Eu queria ouvir uma pessoa verdadeira do outro lado da linha, uma pessoa que conhecesse a cidade, que conhecesse minha mãe, talvez.

Foi uma mulher que atendeu à ligação. Provavelmente jovem, pelo som de sua voz. Contei a ela toda a história de uma vez. Ela deve ter ficado um tanto estarrecida, mas mesmo assim conseguiu tomar uma decisão:

— Vamos enviar uma equipe ao local imediatamente.

Quando relembro, ela poderia ter achado que eu era um farsante, um doente, mas não, acreditou em mim, sem dar sinal de hesitação. Acho que minha aflição deve ter convencido a moça, e também a quantidade de detalhes que passei: nome, endereço, telefone, descrição do local. Eu também disse:

— Sabe a Rua Poumeau-Delille? O ponto de ônibus République? É logo atrás.

Frequentemente, as imagens mais comuns são as que tornam mais plausíveis os relatos mais duvidosos.

Na sequência, corri para a estação Montparnasse sem mesmo comprar a passagem nem enfiar minhas coisas numa mochila. No *hall*, avistei o painel de destinos: um trem partia para Bordeaux em cinco minutos. Eu estava com sorte (esse pensamento fugaz logo me pareceu lúgubre). Descobri a plataforma, pulei no primeiro vagão no exato momento em que anunciavam o fechamento das portas. Se um fiscal cismasse de me multar, eu poderia sempre me valer da desculpa de que minha mãe tinha acabado de morrer, que meu pai havia matado ela.

Você acha que o homem iria criar caso? O drama tem as suas vantagens; irrisórias, claro. Não sofri nenhuma inspeção.

Assim que o trem deixou Paris, apareceu na tela do meu telefone um número desconhecido. Atendi rápido. Um chefe de polícia se apresentou, mal ouvi seu nome. Pedi para esperar na linha, o tempo de me instalar entre dois vagões. Depois de verificar minha identidade, ele disse que *dava seguimento* à minha chamada e informou que se encontrava *no local*. Tinha uma voz grave, neutra, profissional, súbita. A voz mudou quando ele disse:

— É meu dever confirmar a morte de sua mãe. Sinto muito.

Será que, nas escolas, ensinam um policial a adotar um tom mais suave, compassivo, quando for dar uma notícia desse tipo — eu me perguntei —, ou a experiência ensinara a ele uma forma de delicadeza? Ou, apesar dos anos de serviço, ele ia se tornando incapaz, justamente, de conter um certo grau de emoção?

Eu, em todo caso, tinha os olhos fixos no símbolo de uma porta de banheiro de trem quando a morte de minha mãe se tornou uma informação oficial, catalogada, incontestável. Era grotesco, e inesquecível.

Fiquei firme e pedi notícias de Léa. Retomando um fraseado isento e um vocabulário formal, ele me assegurou que ela estava *sob cuidados e em segurança*. Eu não tinha nenhuma ideia do que significavam estar *sob cuidados*: instalada no banco traseiro de uma viatura de polícia ou entregue a um médico, um bombeiro?

Então, baixando a voz mesmo não havendo ninguém por perto, eu fiz a pergunta: como mamãe foi morta? Ele se esquivou:

— O senhor não prefere que eu responda pessoalmente, quando chegar aqui?

Entendi que tinha algo atroz a me dizer. Insisti e ele cedeu, mas recorrendo a uma fórmula policialesca, regulamentar, talvez para atenuar o impacto:

— Utilização de arma branca.

Então, minha mãe tinha sido esfaqueada.

— Repetidamente.

Então minha mãe tinha sido retalhada a facadas.

6

Não guardei lembranças precisas do trajeto. As paisagens que desfilavam eram familiares – na época, eu sempre pegava aquele trem –, mas não olhei para elas, ou estava cego, era tudo um verde, um verde em movimento, ou eram mil campos a perder de vista, nada que pudesse capturar o olhar. Lembro somente de uma mulher, absorvida pela leitura de uma revista, e, mais adiante, de uma garotinha barulhenta, e de ficar incomodado com a zona que ela fazia. Claro que me recriminei por tanta irritação. Eu deveria, ao contrário, estar maravilhado por aquela criança que ignorava por completo a fragilidade de nossas vidas e que zombava dos dramas em volta dela. Pus meus fones de ouvido. Escutei sucessos do Pet Shop Boys. Um *pop* açucarado, em total contradição com os fatos, mas e daí? O que contava era a música e o alheamento.

Troquei alguns SMS com Léa (que me confirmou: um policial estava grudado nela). Eu mantinha minha promessa: estava a caminho, em breve estaria com ela, a gente poderia se abraçar. Mas não escrevi que a gente iria se abraçar. Não devia passar a impressão de ceder à complacência, ou de desrespeitar nossos pudores.

Era, aliás, ridículo. As circunstâncias eram tão excepcionais que justificariam, sem que ninguém pudesse nos censurar, questionar nossos hábitos. É preciso crer que, mesmo no coração do horror, do impensável, alguns reflexos perduram.

Por causa de minha pressa e da culpa que eu já sentia por ter deixado minha irmã sozinha, cerceada pelos fatos, o tempo poderia ter me parecido arrastado, mas, curiosamente, não foi assim. Não vi o tempo passar porque ele era, simultaneamente, abstrato e embaralhado. Essa névoa era fácil de explicar: eu ruminava (por que meu pai tinha matado minha mãe, como ele tinha chegado a esse ponto?) e, como nos pesadelos, era incapaz de passar ao estágio seguinte. A questão se repetia, mais e mais vezes, formando uma espiral perfeita, insuportável.

Na estação de Saint-Jean não peguei o bonde, como sempre fazia, preferindo me meter num táxi. Valia a pena pagar ao motorista um quarto de minha renda mensal para poupar minutos tão preciosos.

O carro me remeteu estupidamente à infância, às sensações da infância, quando a gente se sentava atrás, Léa e eu, e os pais estavam nervosos na frente. Ele, porque o carro não avançava, não avançava nunca, os engarrafamentos eram dedicados somente a ele, as pessoas se aglutinavam de propósito, ou faziam barbeiragens simplesmente para provocar sua fúria. Ela, porque era obcecada pelo medo de ter esquecido alguma coisa, de não ter pegado a carteira, não ter trancado a porta de casa, ou porque a perspectiva de em breve fazer compras no centro comercial a angustiava; mesmo sendo uma coisa boba, ela desconfiava de não ter anotado tudo na lista, temia os atropelos entre os carrinhos de compras e até os anúncios repentinos no alto-falante, que vendiam descontos imbatíveis. De fato, quando reflito sobre isso, ela estava quase sempre assustada. No táxi, eu disse a mim mesmo que a gente não prestou atenção suficiente. Mas esses sinais viriam, teriam que vir, mais cedo ou mais tarde. Hoje em dia, depois de ter conversado com os próximos, a família, os amigos, os vizinhos, os colegas, depois de ter solicitado advogados e peritos, explorado os relatórios judiciais, escutado com atenção os depoimentos de vítimas e de homicidas, depois de ler todo tipo de coisas na Internet, tenho certeza de que os sinais vinham dele: meu pai.

7

Quando cheguei, vários carros de polícia estavam parados e a casa cercada por um perímetro de segurança e por curiosos que espiavam tudo. As pessoas são loucas por notícias sangrentas. Elas param nos acostamentos das estradas quando passam por um acidente ainda fresco, saem dos carros e correm para estar na primeira fila do espetáculo. Estudam as expressões dos investigadores, interpretam seus mínimos gestos, torcem para que saia dali um ferido, ou, de preferência, um cadáver sobre a maca. Elas lamentam, compartilham entre si o seu medo, mas não abandonam seu posto de observação nem a porrada. Não é só compaixão. É voyeurismo.

No meio daquela plateia notei, pelo menos, três rostos conhecidos, o que me enraiveceu: era minha mãe ali, cadê o pudor dessa gente? A ira perdeu o protagonismo quando o comandante veio liberar minha passagem pela barreira de segurança.

Pierre Verdier: é bom que se diga algo sobre ele. *Um homem íntegro*, essa era a primeira impressão. Com certeza por causa da sua retidão, dos seus cabelos brancos, do sentido de serviço público que emanava de sua figura. Existem pessoas assim: você tem a sensação de que elas estão lá para garantir a você que tudo vai terminar bem. Esse era Pierre Verdier. Isso não tinha nada a ver com sua competência, eu podia estar totalmente por fora, mas pensei: "Estamos em boas mãos!".

(Ainda ignorava que os policiais muitas vezes passam por cima do que é essencial e não dão ouvidos aos gritos de socorro.)

Só que o voto de confiança que eu depositava no comandante não tinha a menor importância: minha mãe estava morta e a gente sabia que tinha sido assassinada, não havia mistério a elucidar, nem investigação a conduzir. Só um matador procurado pela polícia. Porque naquele momento, meu pai tinha sumido na poeira.

Mas nessas horas, pobres e frágeis, agarramos a primeira mão estendida e damos ouvidos às vozes que soam gentis. Mais uma vez ele me deu os pêsames e me conduziu ao lado mais recuado do terreno, longe dos curiosos, perguntando se eu precisava de alguma coisa. Parecia ganhar tempo com esse papo furado, o que me fez suspeitar de que eu não seria autorizado a entrar na casa. Suspeita que ele confirmou em seguida:

– É uma cena de crime, o senhor compreende. E sua mãe ainda está lá dentro. Mais tarde, pediremos que reconheça oficialmente o corpo, no necrotério.

Literalmente, caí de joelhos e ouvi um clamor na plateia. Alguns devem ter me visto cair e o comandante tentando me colocar de pé. Um dos seus subordinados correu para dar uma força. Já de pé, sacudi maquinalmente a barra de minha calça. Esses detalhes ainda estão, aqui, frescos, na minha memória. Tudo me parecia inacessível à compreensão, tudo ocorria no meio de uma bruma, e, apesar disso, não pude esquecer o gesto: sacudir a poeira da barra das minhas calças. O clamor dos curiosos, esse, também, continua a ecoar.

Protestei. Queria ver minha mãe. Era desumano recusar esse pedido. O comandante manteve o sangue frio: eu não podia entrar no local de um assassinato, arriscava alterar a cena, uma investigação havia sido aberta, isso se sobrepunha a tudo, o procedimento deveria ser observado ao pé da letra, ele lamentava, mas as coisas eram assim.

E para que me entrasse bem na cabeça que tudo tinha mudado, ele botou a pá de cal:

— Além disso, nós vamos lacrar a casa e vocês vão ter que encontrar outra hospedagem.

Encarei o homem por alguns instantes, não estava mais com raiva, a ira tinha sido levada pelo vento, e eu acabava de compreender que, sim, nada seria como antes, nossa vida agora pertencia às páginas de crimes, tudo emanava da polícia, da justiça, e nossa voz tinha sido confiscada.

8

Supliquei:
— Léa, pelo menos, eu posso?...
Pierre Verdier aquiesceu:
— Sua vizinha se ofereceu para abrigar a menina. Mas ela deverá se apresentar o quanto antes à delegacia. Precisamos interrogá-la. Ela é a única testemunha.

Naquele segundo, eu soube. Soube que ela tinha *visto tudo*: a mãe ser assassinada pelo pai.

Primeiro, pensei: quantos anos serão necessários para ela superar esse trauma e voltar das profundezas? Aliás, seria isso uma questão de tempo? Senti uma imensa compaixão e uma dor ainda mais cortante. Não sei mais em que ordem. Então, apaguei tudo. Precisava manter as ideias claras.

Estranhamente, encadeei a fala no compasso de uma metralhadora:
— Posso acompanhar — minha irmã — ao posto?
O homem de uniforme hesitou:
— Oficialmente o senhor não é uma testemunha. Eu não gostaria que influenciasse o depoimento dela, mesmo sem intenção.

De novo implorei:

— Ela é menor... Vai ser duro demais... seria melhor eu estar perto.

Ele acatou meu pedido com um gesto da cabeça. Então, caminhei rumo à casa dos Bergeon, uma construção idêntica, ou quase, à dos meus pais. A gente morava numa zona residencial, tudo tinha sido construído na mesma época, em meados dos anos 1970, tudo se parecia. Inclusive o jardim frontal.

Sim, era a mesma casa, mas nessa ninguém estava morto, ninguém tinha sido morto. É como um raio que fulmina uma árvore e poupa a do lado, pensei. Aquilo que chamam de sorte. Ou acaso.

Mas já intuía, sem ver, que o acaso não tinha espaço nessa história.

E vi Léa. Ela estava de pé, atrás da janela do salão. Imaginei que dali ela sondava nosso lar, não queria perder nenhum detalhe do que se passava ali, ou estava hipnotizada pela coreografia dos policiais, ou pelo tom vermelho do carro de bombeiros, mas não era nada disso. Eu conhecia esse olhar, era seu olhar de introspecção, de alheamento do mundo exterior, ela não distinguia nada, aliás nem notou minha aproximação, ou teria feito um sinal, talvez tivesse até sorrido.

Não. Com certeza, ela estava reconstituindo a cena que tinha presenciado, assolada por aquelas imagens, entrincheirada, invadida, sitiada por elas, era o que eu lia no terror desse olhar quando já estava bem perto da janela. Um terror sem tamanho.

Pronunciei o nome dela, alto o suficiente para que saísse do pesadelo e descobrisse que não estava mais totalmente só. Eu tinha chegado, para enfrentar com ela a provação. A dois, quem sabe, a gente tinha uma pequena chance de vencer. O que, eu sabia, em grande parte dependia de mim, da minha força, do meu amor por ela, e eu não podia fraquejar. Era cômodo também repetir esse mantra. Evitava que eu fosse devorado pela dor, pelo estupor e pelo ódio. Havia coisas mais importantes.

Havia Léa.

Quando olho para trás, vejo que minha irmã, sem saber, me salvou de emoções tristes demais, de derramamentos amargos demais, que, naquele momento, me eram proibidos.

Então, quando a gente se viu frente a frente, tomei Léa nos braços. Eu enfim me permitia a ternura. Ou melhor, a ternura se impunha, transbordava. Léa se deixou levar, mas era como se eu abraçasse uma árvore: não retribuiu a pressão, deixando os braços soltos ao longo do corpo. Essa apatia não era hostil. Só comunicava que a vida tinha se retirado dela: a possibilidade de um movimento, de um sentimento. Pude visualizar melhor a violência que ela tinha sofrido. Estava num estado espectral, incorpóreo.

Reconheci a Sra. Bergeon a uma boa distância, na soleira da porta da cozinha, os braços cruzados sobre os seios, as mãos nervosas, os olhos reluzentes: a expressão perfeita do abatimento e da impotência. Fiz um pequeno gesto para comunicar a ela minha gratidão.

Eu tinha grande apreço pela Sra. Bergeon. Ela e seu marido foram nossos vizinhos desde sempre, tinham se mudado seis meses antes de nós. Fréderic, seu primeiro filho, tinha um ano a mais que eu; Lucie, a mais nova, um ano a menos. Crescemos juntos. A Sra. Bergeon sabia tudo de nossa família, de nossas existências. Tagarelava com minha mãe do outro lado da cerca. As duas trocavam receitas, faziam favores uma para a outra e nunca brigaram.

Não eram o que se pode chamar de amigas, a amizade é uma coisa diferente da simples convivência amistosa. Mas eram próximas, em todos os sentidos do termo.

Desde sempre, a Sra. Bergeon acreditou que vivia em segurança, apesar dos horrores que via na televisão, apesar do medo que se insinuava por toda parte, em todos os lugares, estava convencida de que nada poderia acontecer, não a eles, e descobria agora que estava enganada, que o pior pode se instalar onde menos se espera.

Ela acabava, também, de constatar sua cegueira. Como era possível não ter percebido nada enquanto os problemas daquele casal conduziam o destino ao irreparável, ao furor de um homem que, de repente, mata?

Ela não precisava me confessar, seus olhos pávidos e aflitos falavam por ela. Havia, também, culpa na sua fisionomia.

Abracei Léa mais forte.

9

Duas horas depois eu estava no Instituto Médico Legal, como tinham me solicitado.

Cheguei como um sonâmbulo, não lembro nada do trajeto, nem mesmo do policial que me acompanhou. A memória volta a partir da visão do homem que me recebeu, um tal de Joseph. Seu nome estava escrito à mão, em letras maiúsculas, num distintivo na lapela da camisa, isso me marcou, e ficou.

O homem me pediu num tom muito delicado que eu seguisse seus passos. Obedeci, entre a prostração e o medo. Naquele momento eu não decidia nada e renunciava a qualquer intenção. Cruzamos um corredor interminável com paredes verde-oliva, Joseph caminhava de um modo meio capenga e eu me perguntava se era uma deformidade de nascença ou consequência de um acidente – o ato de me concentrar nesse tipo de detalhe evitava provavelmente que eu desmaiasse. Ele me fez entrar numa sala fria revestida de azulejos, muito limpa e iluminada por lâmpadas fluorescentes, e apontou para onde estavam as gavetas. Compreendi que nelas eram guardados os corpos sem vida.

Ele disse:

– Sua mãe está coberta por um lençol, vou mostrar somente o rosto e o senhor vai me confirmar se é ela, isso não vai demorar mais de dez segundos, eu aconselho não olhar muito, é só uma obrigação administrativa.

Pensei que Joseph devia repetir essa fala indefinidamente. E que ele tinha razão, talvez fosse menos insuportável se fosse *só uma obrigação administrativa*. Pensei também que talvez eu não conseguisse enxergar nada de administrativo naquela obrigação.

Ele pediu licença e, num gesto tão ágil quanto suave, levantou o lençol. Deparei com o rosto desnudado e desviei o olhar. Era insuportável. Fiz que sim com a cabeça. Isso era suficiente para Joseph. Devia estar habituado a essa mudez.

A gaveta se fechou com um estalido seco. Pensei: foi tão breve que talvez um dia eu acredite que não existiu, talvez eu me esqueça porque será vago, impreciso demais. Eu precisava dessas falsas esperanças, pequenas mentiras, para não perder o juízo.

Muito tempo depois, eu cogitei: se tivesse visto, naquela ocasião, o corpo inteiro, toda a extensão dos seus danos, isso teria me colocado numa posição de igualdade com Léa, ela ficaria menos solitária no território do horror. E as coisas, quem sabe, teriam sido diferentes...

Mesmo assim, se tivessem me autorizado, acho que não aceitaria ver minha mãe nua. Eu teria a sensação de roubar dela sua derradeira intimidade.

10

Passei para buscar Léa e fomos juntos à delegacia.

Eu já tinha passado algumas vezes, sem nunca entrar, por aquele edifício em pedra bordalesa, que agora tinha um anexo moderno, com telhado plano, na Avenida Général-de-Gaulle. A gente vivia em Blanquefort desde sempre, mas nunca precisamos entrar ali. É bastante comum não ter motivos para visitar policiais.

Por isso fiquei meio confuso ao abrir a porta: o local me parecia ao mesmo tempo familiar e desconhecido. Dei nosso nome na recepção, mas a moça no balcão me cortou:

– Eu sei quem vocês são – disse, olhando para minha irmã e para mim com uma piedade afetada. – Vou acompanhar vocês até a sala do comandante.

(A partir daquele momento, a piedade se tornaria uma presença de todas as horas.)

Acompanhamos os passos dela e entramos num longo corredor (o segundo do dia para mim, entre outros que se apresentariam), as portas estavam abertas e, atrás dessas portas, as pessoas lançavam olhares furtivos, como se olhassem bichos exóticos, mas talvez eu esteja enganado, talvez seja invenção minha.

Sem demora, Pierre Verdier informou que nosso pai continuava ilocalizável e que gostaria de ter o máximo de elementos, mesmo os mais desprezíveis, que pudessem ajudar a descobrir seu paradeiro o quanto antes.

Como ele estava vestido? Tinha ferimentos? Disse ou deixou escapar qualquer coisa na sua escalada de violência? Ou depois? Quais eram seus hábitos? Tinha um lugar preferido aonde ia? E outras perguntas que me fogem.

Claro, era preciso também contar em detalhes *o que aconteceu*. E montar um "retrato psicológico do agressor" (eu me limito aqui a repetir a fórmula que ele usou).

Verdier sabia que esse momento seria delicado e deu um tempo razoável antes de entrar a fundo nos fatos, para deixar Léa se acostumar com a sala. Mas ela nem fez menção de estudar o ambiente, só tratou de fixar os olhos no homem sentado à sua frente e de responder maquinalmente às interrogações preliminares.

Depois, quando se sentiu pronta, respirou fundo e apresentou a cena:

– Eu estava no meu quarto, ouvi um barulho, meus pais discutiam no andar de baixo.

O comandante interrompeu Léa:

– Sabe dizer sobre o quê?

Ela fez que não com a cabeça. Não era a primeira briga do casal, ela preferia se fechar no quarto nesses casos, esperar passar, mas dessa vez não passou, dessa vez durou. Foi então que ela ouviu o som de louça quebrando.

– Você pode ser mais específica?

– Como se alguém jogasse pratos no chão. Eu achei que só poderia ser meu pai. Mamãe nunca quebraria um prato.

– Ou será que ele a empurrou na direção do aparador e a louça caiu? É possível?

Ela disse que não sabia, mas que sim, era possível. Depois do estrondo da louça, Léa foi até a porta do quarto no primeiro andar, mas não conseguiu discernir os pais na cozinha, "não dali de cima".

– Tive que descer uns dois ou três degraus e, aí sim, consegui ver.

Nesse instante Léa se calou e seu corpo foi sacudido por um sobressalto que virou soluço e, depois, um suspiro curto.

– Nós temos todo o tempo – disse Verdier. Era uma mentira, isso também nós sabíamos, os três, mas Léa a agarrou como um náufrago agarra uma corda.

Eu não tirava os olhos dela, cego para a ligeira bagunça da sala, os avisos oficiais nas paredes, a pobreza da administração. Era o meu jeito de apoiar minha irmã, até porque eu mesmo ainda estava descobrindo a verdade (não tive coragem de falar do assunto com ela na casa da Sra. Bergeon, repetindo para mim mesmo: é cedo demais, é mais urgente proteger Léa; era a mim que eu protegia, claro). Eu precisava de uma âncora para suportar o baque.

Léa recomeçou:

– Vi meu pai dar as facadas. Na verdade, é bizarro... eu também ouvi, não falo dos berros da mamãe, falo dos golpes, eu não sabia que facadas faziam barulho.

Trocamos um breve olhar, eu e o comandante. Acho que ele temia mais por mim que por Léa, que complementou:

– Foram muitas facadas. Muitas.

Dezessete. O número exato já estava no relatório da autópsia. O policial já sabia. Eu, não.

Levantei de um pulo, tinha vontade de vomitar, encarei uma parede, vi uma lixeira, inclinei o corpo mas nada saiu, nada além de grunhidos, gritos guturais, de animal.

Verdier se levantou também, veio até mim e me trouxe de volta:

– Sinto muito, nós temos que continuar. O senhor consegue?

Fiz que sim, e nos sentamos. Léa estava pálida e calma.

11

Minha cabeça girava. Eu estava dividido entre o desejo (a necessidade) de saber mais, de saber tudo mesmo, e o temor de ser pisoteado pela verdade.

Para minha irmã as coisas pareciam mais simples: ela era interrogada, respondia, testemunhava, relatava fatos. As aparências, claro, eram falsas: imagine a tempestade que devastava sua mente, revolvida pelo trauma sofrido. Mas sua relativa placidez, sua precisão, sua determinação impressionavam. Provocavam, mesmo, admiração.

E temor. Eu me dizia: ela se desdobra, ela faz um esforço inumano para se sair bem, para fazer o que se espera dela, mas vai acabar desmoronando, desmoronando literalmente, e quem sabe o tamanho dos danos?

Os danos: deles eu tinha certeza. Estávamos irremediavelmente danificados. Faltava determinar a que grau.

Enquanto isso, obedecíamos às demandas do senhor Pierre Verdier.

– Ele disse alguma coisa? Seu pai? Durante? Depois? Não pergunto isso com nenhum prazer, você compreende?, é só para saber se, na raiva, no afã da raiva, ele deixou, talvez, contra a própria vontade, indícios do que ia fazer, de sua fuga...

Mais uma vez Léa pareceu sufocada. Mesmo assim, procurou na memória; se fosse útil, ela deveria se esforçar para buscar uma resposta.

— Ele berrava coisas mas eu não sei mais o que eram, eu só via a faca, minha mãe tentando se proteger com os braços, minha mãe que caía, que implorava para ele parar, todas as outras palavras eram ruídos.

— Você realmente não se lembra?

— Eram xingamentos, acho. Ah, e acusações. Dizia que era ela que tinha levado as coisas a esse extremo, que a culpa era dela, de tudo.

— E depois?

— Depois? Ele me viu.

— E?

— Era um olhar que eu nunca tinha visto... E a faca, ainda, na mão...

— Ele ameaçou você? Chegou perto?

— Não, ele ficou assim, uns segundos, me olhando, e saiu correndo. Sem deixar a faca.

— Para matar outras pessoas, você acha?

— Não. Ele tinha terminado. Ele estava... cansado.

— Cansado?

— Ele bufava forte, como uma pessoa que tivesse corrido por muito tempo.

— Mas a faca, assim mesmo, ele não largou, não se desfez dela...

— Eu acho que ele nem via mais, não sentia mais, era só a mão dele que segurava a faca e ele não soltou. É só uma impressão, mas eu acho que não estou errada.

Era estranho, mas eu entendia o que ela queria dizer, sua intuição me parecia boa, e mesmo não sendo testemunha dos fatos e não podendo de maneira nenhuma corroborar aquelas palavras, eu *via* o esgotamento do matador após o ato consumado, e eu estava certo de que sua única vítima seria minha mãe, ela era seu único alvo, o único objeto do seu ressentimento, única destinatária de seu ódio, única razão de seu descontrole, única receptora de sua fúria, não haveria outro mártir, nem por desespero, nem para foder de vez com tudo.

— Léa, eu preciso ainda perguntar uma coisa...

A frase provocou um gesto mudo.

— Pelo que você ouviu, depois viu, pelo que você percebeu, seu pai entrou na casa com a intenção de matar sua mãe? Ou foi a briga que desencadeou o ato?

— Que diferença isso faz?

— A diferença entre um assassino e um homicida.

Primeiro, ela não respondeu. Depois, virou lentamente a cabeça e me encarou, como se eu pudesse ajudar. E eu entendi, pela maneira de olhar, que ela dizia, em silêncio: *A gente sabia, não é? A gente sabia que isso podia acontecer.* Como resposta, baixei o olhar.

Então, ela respondeu.

— Não sei.

12

Os policiais buscavam meu pai. Reforços tinham chegado de Bordeaux. Um aviso de "procurado" foi espalhado e, usando as redes de TV que faziam a cobertura local, a polícia intimou o fugitivo a se entregar. Uma caçada seria rapidamente mobilizada, se necessário.

Pierre Verdier se concentrava nas investigações, atrás de elementos para instruir o juiz que acabava de ser designado sobre o processo verbal que ele apresentaria à justiça. Em suma, seguia com seu interrogatório.

Pela primeira vez, eu era foco das suas atenções.

– Se o senhor me falasse *deles*... dos seus pais...

Fiquei sem defesas. Primeiro, porque era lógico, até aquele momento, que eu não falasse, e eu não tinha nenhuma intenção de sair da minha neutralidade. E, acima de tudo, porque eu nunca tinha *falado dos meus pais*. Quer dizer, jamais em detalhes, jamais sobre a relação deles. Claro que mencionei aos meus amigos as profissões que exerciam, a cidade onde moravam, a idade, mas nada além desse território, eu me atinha a coisas concretas, objetivas, palpáveis, que não exigiam de mim nenhum tipo de juízo, nenhuma escolha de um lado, nenhuma revelação, e isso era cômodo. O exercício ao qual eu era agora convidado envolvia intimidade, exigia introspecção e, além disso, necessitava de uma preparação, um trabalho prévio. Mesmo assim eu me esforcei para satisfazer o comandante, por disciplina. Mas reconheço que insisti em ficar nas generalidades, nas impressões vagas, muitas vezes interrompido pelas minhas próprias reticências, quando, por sinal, eu me dava conta de que muitos elementos realmente me faltavam, como peças de um quebra-cabeça nunca visitado. Hoje, passados tantos meses, tantos anos de sondagens e conversas com as pessoas próximas deles, eu contaria uma história completamente diferente.

É o que trago a você, nestas páginas: essa história. Ela é provavelmente mais exata que os pobres fragmentos que, na época, deixei soltos.

Desta vez, começo por minha mãe, pois ela é o coração de tudo. (Diante do comandante, eu primeiro falei *dele*. Era natural, você diria, já que era atrás dele que a polícia corria, mas teria sido melhor não ser tão obediente, não ser tão metódico, minha mãe merecia que a gente começasse a história por ela.)

Cécile Morand. Nascida em meados dos anos 1970. Se de cara você visualizar o imaginário da época, as calças boca de sino, as flores nos cabelos, a paz e o amor, o retorno à natureza, as lutas feministas, a luta operária, Georges Pompidou inchado de cortisona... bom, você estará totalmente enganado. Claro que havia tudo isso, mas não em Blanquefort, Gironde, sete mil habitantes naquele tempo. Cécile Morand era antes de tudo a filha do vendedor de tabaco. E isso era suficiente para definir quem ela era, isso resumia seu mundo.

Filha única. Bebê miraculoso, nascido depois de quatro abortos espontâneos, quando a resignação já batia à porta e toda esperança era só um fio, como quando o verão dá adeus e já guardamos as roupas leves no armário. Criança amada, portanto, e mais que isso, mimada, mas estragada não, porque esse não era o estilo da casa, ninguém jogava dinheiro pela janela, ninguém queria uma filha que não soubesse o valor das coisas, que adquirisse más maneiras, um espírito condescendente. Com resultados medianos na escola, porque seus pais não tinham passado do primário, não tinham as chaves da excelência e não foram jamais consumidos pela ambição. Criança sociável, cujos amigos ocupavam os pátios vizinhos, porque era isto a vida, falar com os vizinhos, dizer bom-dia e boa-noite, convidar um ao outro para passar em casa. Criança sedentária, ninguém nem podia sonhar com grandes espaços, não tinham meios para isso, e o negócio da tabacaria só fechava quinze dias por ano. Mesmo assim, teve as colônias de férias nos Pirineus, uma estada na Espanha, uma esticada a Londres na adolescência; nada muito além disso. Uma existência tacanha, você pensaria, mas ela não via as coisas assim. E quando fez dezoito anos, acabou-se o que era doce, a mãe morreu, câncer fulminante, partiu em menos de um mês, uma tristeza também fulminante e sem tempo para lamento, não era esse o estilo da casa, era preciso segurar a barra, então o pai disse à filha: e se você substituísse ela na loja? se viesse trabalhar comigo? vender jornais, cigarros, raspadinhas, servir bebidas no balcão, não é nenhuma vergonha, é um trabalho com muito contato, um ofício que não corre o risco de desaparecer, claro que é bom ter seu diploma, mas o que você vai fazer com ele? Ela disse sim, jamais diria não ao pai, não a um viúvo. Assim a filha do vendedor de tabaco virou a moça da tabacaria. Ofício que exerceu até o dia de sua morte.

Uma bela moça, diriam as pessoas que conheceram minha mãe aos dezoito anos. As pessoas eram os amigos dos pais, os tios, o avô. Já o pessoal da mesma idade se dividia entre os que se lembravam dela como *boazuda* e os que diziam que era muito charmosa com seus cabelos castanhos e um sinalzinho sobre o olho esquerdo. As amigas da época diriam *engraçada, viva, sem frescuras e sempre pronta para oferecer um ombro nos maus momentos*. Soube que ela amava sair para dançar nos sábados à noite, numa boate de Bordeaux (alguém me disse o nome, esqueci, parece que depois fechou). Soube que adorava passear na praia de Arcachon domingo à tarde, quando a loja não abria. Que lia romances açucarados: as pessoas riam disso, mas ela não dava a mínima.

Que teve seus flertes, pequenas paixões, nada muito sério, nada que durasse, e se acomodou. Até que um dia seu caminho cruzou com o de Franck Malzieu. Meu pai.

13

Pelo que me lembro, ele falava pouco da infância e, quando falava, não conseguia evitar sinais de certa amargura. Tia Muriel, a única com quem eu consegui conversar depois do que aconteceu, me disse:

— A separação dos nossos pais, quando ainda éramos muito pequenos, com certeza deixou seu pai muito perturbado. Ele não demonstrava, mas eu conhecia ele de cor, eu sabia. Não entrava na sua cabeça o motivo da separação. Mas era simples: nossos velhos não tinham sido feitos para viver juntos, discutiam o tempo todo, e nosso pai tinha só um desejo, voltar para Lorena, a terra natal, e foi exatamente o que ele fez assim que o divórcio foi consumado, por isso que vocês não se conheceram: ele desapareceu da paisagem. Minha mãe criou a gente sozinha, seu pai, seu tio e eu. Acho que o Franck não perdoou eles por não terem ficado juntos. Ele se fechou nele mesmo. Endureceu. Endureceu com nossa mãe, com a gente, com a irmã e o irmão. Endureceu com a dor: quando se machucava, e isso aconteceu mais de uma vez jogando *rugby*, ou nos acidentes de moto que sofreu, ele agia como se não fosse nada, mesmo que estivesse coberto de sangue. E era péssimo na escola. Não tinha nenhum interesse. Entregava os deveres de casa atrasados, era insolente, não se esforçava. Não chegou nem a completar o ensino básico. Sonhava trabalhar com vinhos numa propriedade, dizia que estudar não servia para nada nesse tipo de ofício, que ali a gente se formava na rotina suada, e que, desse jeito, poderia conseguir um lugar ao sol. Ele tentou, arranjou um emprego nuns vinhedos quando tinha dezessete ou dezoito anos, mas a coisa não andou, não quiseram ficar com ele, ou ele mesmo se cansou daquilo. A única coisa de que gostava, de qualquer forma, era a sua motoca. Minha mãe tinha comprado uma para ele e era onde passava a maior parte do tempo montado. Foi assim que encontrou sua mãe. Uma noite, em Bordeaux, na entrada de uma boate. Eles chegaram ao mesmo tempo, ela com umas amigas, ele na moto. Ele notou a presença dela, fez umas poses de bonitão montado na sua máquina, ela achou graça, e pronto. Foi isso. Não tinha aplicativo de namoro naquele tempo... eles se conheceram por acaso, na vida real. Se a gente soubesse como ia terminar...

    Ouvindo o relato de Muriel eu me dei conta de que quase tudo o que ela dizia era desconhecido para mim. Mesmo que não tivesse nada de confidencial, nenhum grande segredo, naquela história. A realidade é que raramente a gente procura saber quem eram nossos pais antes de se tornarem nossos pais. Existem informações, claro. A gente conhece mais ou menos o percurso, sabemos o que eles faziam, e também o que faziam os pais de nossos pais, porque geralmente vamos à casa deles, temos pontos de referência, balizas, mas de uma forma geral a gente não se preocupa em saber mais, como se não fosse da nossa conta, como se só pertencesse a eles mesmos, e como se nada disso nos interessasse. O passado dos outros é tão chato quando estamos nos embalos da juventude, no nosso tempo de desbunde! Acontece de um ou outro se mostrar curioso, fazer perguntas, mas esse não era o meu caso, eu nunca quis saber da juventude deles. Talvez fosse em parte efeito de nosso pudor, do mutismo imposto aos assuntos de sentimentos, a gente não queria saber dessas confissões, dos desvios deles. Assim, foi com certa surpresa que conheci, nesses relatos, a criança ferida pela ruptura do núcleo familiar, o menino e sua raiva. Eu já sabia que ele nunca brilhou na escola, mas nem tinha pensado nos possíveis motivos. Fiquei abalado com a imagem de meu pai sedutor, fanfarrão, aos vinte anos. Para mim ele era um ser aborrecido, irritável, um velho precoce: aquela forma de avançar, aquele ardor, não se parecia com ele. Mas eu não devia ter me espantado: a impaciência, a insatisfação, a exasperação, tudo estava lá, tudo pronto, no seu lugar.

14

Quando fui remexer nas coisas de meus pais, os objetos pessoais, a papelada para o inventário, topei com velhas fotos, algumas dentro de álbuns (presas com durex ou cola), outras jogadas numa caixa de sapatos. A mais recente era de uns dez anos atrás. Pensei: é normal, agora a gente tem os celulares, é neles que ficam guardadas as imagens de nossas vidas. Mas me perguntei qual a última vez em que o álbum tinha sido folheado, ou a caixa tinha sido aberta. Fiquei cogitando se minha mãe de vez em quando tinha ondas de nostalgia e sentia a necessidade de mergulhar de novo nos seus anos talvez felizes, mais felizes que o seu presente ou se, ao contrário, ela nunca voltava àqueles tempos, considerando tudo como águas passadas. Não sei qual das hipóteses eu preferiria.

Uma série de fotos tiradas em cabine automática me chamou a atenção. Nelas aparecem meu pai e minha mãe quando ainda eram só Franck e Cécile. Fácil adivinhar os dois se refugiando na cabine, num impulso, por farra, pouco tempo depois do primeiro encontro. Eles têm uns vinte anos, e as caras que fazem nas fotos despejam a candura de todos os começos, quando a gente quer estar grudado um ao outro, se exibir para o mundo, fazer caretas porque o amor deixa a gente meio idiota.

E, assim juntos, eles estão, realmente, lindos.

Principalmente minha mãe. Com a cabeleira que esconde as faces, seus olhos claros, seus dentes da frente ligeiramente separados e um jeito despreocupado apesar do luto recente, e a obrigação, com a morte da mãe, de virar adulta tão de repente. Seria capaz de jurar que, na hora da foto, ela devorava a juventude à qual tinha direito e que seria confiscada, da mesma forma que a gente morde uma maçã para matar a sede.

Meu pai também. Com seu olhar metálico, seus cabelos loiros, seu queixo quadrado. Um quê de americano ou alemão. Dá para entender que ele fosse *gostável*. Afinal, não tinha um físico qualquer, e a camiseta deixava aparecerem seus ombros largos e um torso bem desenhado.

Na noite do encontro, será que foi isso que ela viu em primeiro lugar? A largura? O loiro? A virilidade sem complexos? Foi o que atraiu ela? Ou a moto? Será que ela poderia desejar um tipo assim, ela, reservada como era? Não tem como duvidar. Porque ela sorriu para ele, porque concordou em entrar na discoteca em companhia dele, porque aceitou a bebida que ele ofereceu, porque dançou com ele. Muriel me disse:

— Ele não sabia dançar, meu irmão, mas se sentia à vontade no próprio corpo, podia facilmente iludir.

Minha mãe cedeu a essa ilusão? Eu não julgo, ela tinha o direito de ser seduzida, e não era uma coisa superimportante, acontecia naquela idade de esbarrar com um desconhecido, acontece hoje, acontece desde o início dos tempos, não, eu só estou tentando compreender, nada mais, eu tento entender como ela foi na sua direção, por que eles se juntaram. Na verdade, fico mobilizado pelo mistério das inclinações da minha mãe, o mistério da sua liberdade.

O que me leva também a pensar no acaso dos encontros, no destino que lança seus dados. Se naquela noite ela não tivesse saído... Se naquela noite ele tivesse olhado para uma outra... É um exercício estúpido. E inevitável.

As fotos são de meados dos anos 1990. Ou seja, na época das guerras da Iugoslávia, do genocídio dos Tutsis em Ruanda, das esperanças já perdidas da ECO-92, no Rio, das ONGs, da pandemia de aids, do suicídio de Kurt Cobain, das sequelas do *crash* imobiliário, do terremoto de Kobe, de Mitterrand deformado pela quimioterapia, e de não sei mais o quê. Mesmo em Blanquefort, a gente se dá conta. Mesmo em Blanquefort a gente entendeu que aquela época de merda era violenta, sinistra, depressiva, que fedia a morte e a desolação. E mesmo quando a gente tem vinte anos, e caga e anda para a situação no mundo, a gente é alcançado pela podridão do ambiente. Então, sim, a gente corre para uma cabine de foto numa esquina qualquer e sorri com todos os dentes à mostra quando os *flashes* estouram, para acreditar que a gente pode estar feliz, apesar de tudo. Eu disse *estar*, não *ser*.

15

A partir desse ponto, existem várias maneiras de contar a história. Em todo caso, pelo menos duas.

A primeira é pintada de romantismo. Eles se amam porque têm a idade em que a gente acha que se ama, porque seus corpos se encontraram, porque estão banhados pelas águas do ócio. Estamos falando de um tempo sem celulares: é preciso organizar os encontros, passar um tempo sem se falar, sem se ver, ser um pouco malandro, paciente, inventivo. Eles se encontram em bares, boates noturnas, nas casas de amigos em comum, fazem expedições de moto ao Médoc ou às margens de Garonne. Ele conta a ela suas aventuras, viagens, sonha morar fora (*Por que não Quebec? Todo mundo diz que é genial!*), faz ela sonhar com um futuro radiante, sem obstáculos. Ela se lembra que prometeu ao pai continuar a ajudar na loja, dinheiro não dá em árvores, mas adoraria partir numa fuga emocionante. Franck tem tanto fogo, tanto charme. E tanta ambição...

A segunda forma de contar é de uma cruel lucidez. É um namorico, um esbarrão, mas dura um pouco mais que o previsto, como às vezes duram as primaveras. Ele faz algumas promessas, mas são promessas no ar, afinal, ele é meio picareta e se contenta em viver de bicos. E a vida vai, sem falta, se encarregar de fazer com que ele e ela caiam na real (um real nem um pouco radiante). Quando ela conhece a família dele, entende um pouco melhor suas falhas. Fica até comovida. Mas também vagamente inquieta. Será por causa dessas disfunções que ele exige tanto amor? E então, um dia, ele descobre que ela está grávida. Eles esqueceram de se prevenir.

Na primeira versão, ele fica encantado com essa gravidez acidental. Não esperava, mas gosta de saber, afinal, essa não é a mais genial de todas as aventuras? E esse bebê, eles poderão sempre levar com eles, isso não vai impedir que saiam viajando por aí. Já ela, por sua vez, está alucinada. Ser mãe, mesmo por acidente, quando a gente é órfão, é um pouco uma vitória sobre o azar. Ela vê aí um sinal, uma bênção. Sim, por que não?

Na outra versão, ele fica aliviado, isso significa que eles vão ficar juntos, é isso que ele quer, ficar com ela, que ela não vá embora, sobretudo que ela não vá embora. Já ela acha que não tem estrutura para ser mãe, melhor seria abortar, a solução mais racional, ela tem todo o tempo para fazer filhos, ainda mais com a pessoa certa, mas seu pai diz que uma criança a gente não refuta, ele se lembra dos abortos espontâneos de sua mulher, às vezes a chance só vem uma vez, e quem sabe se esse tipo de intervenção não vai torná-la incapaz para sempre? Ela não ousa ir contra a vontade do pai. Às vezes nossas trajetórias são decididas pelos outros.

Na primeira hipótese, ele fica orgulhoso, aquela que vai ser sua mulher está maravilhosa com sua barriga redonda, e ele vai fazer melhor que o próprio pai, ele vai educar seu filho, vai se vingar da infância roubada, mostrar que é possível a gente assumir responsabilidades.

Na segunda, ele admite que precisa correr atrás de uma situação estável, de um emprego fixo, ganhar para alimentar sua família. Pelo menos no início, pois isso será temporário, não é o fim de seus sonhos de exílio, do tal *futuro radiante*. Ele descola um trabalho na fábrica da Ford. Ela? Ela se deixa levar. Agora, todas as portas se fecharam de vez. O caminho está traçado. Pelo menos está convencida de que no fim vai amar sua criança loucamente.

A Pierre Verdier, no dia das facadas, acho que eu simplesmente disse:

— Eles se casaram jovens. Minha mãe estava grávida de mim.

E realmente era, na época, toda a extensão de meu conhecimento sobre a juventude deles.

Ele não pestanejou. Compreendi que isso não interessava muito ao comandante, era coisa muito remota, não trazia nada de útil para sua investigação. Naquele instante, eu não achei que isso fosse uma negligência. Depois, entendi que é preciso mergulhar nas profundezas para ter um vislumbre da superfície. Entendi também que o invisível fala mais que o visível. E que os fragmentos só se tornam indícios quando são ligados a outros fragmentos, ou entre si.

16

O telefone tocou. Alguém passou ao comandante as últimas novidades sobre as buscas.

– Nada conclusivo – resmungou ele, desligando o aparelho. Por enquanto se recusava a admitir a derrota.

– Estamos monitorando o telefone e o cartão de crédito. Ao primeiro e ao menor vacilo, ele será localizado. Na correria, os fugitivos vivem dando passos em falso.

Como resposta eu ofereci uma expressão incrédula que ele preferiu ignorar:

– Quando a pessoa se comporta como ele se comportou, está demonstrando que perdeu a capacidade de se controlar.

Dessa vez ele pareceu mais convincente e aproveitou para encadear:

– Aliás, vocês diriam que a natureza dele era raivosa?

Nas minhas lembranças mais antigas, sim, a raiva estava lá. Ele se descontrolava, se deixava levar por qualquer ninharia. Se um utensílio doméstico não funcionava, arremessava o objeto em qualquer direção, num acesso de fúria. Podia ser um martelo, um controle remoto, não importava. Se fosse contrariado numa conversa sobre qualquer bobagem, um fato sem importância da atualidade, ele devolvia o argumento com uma rajada de insultos e dava gelo na pessoa durante semanas, para depois sempre se reconciliar fazendo uso de sua lábia penetrante e de seu charme infalível. No entanto, o que mais provocava sua ira – pelo menos no começo – era o emprego. Operário automobilístico, ele não se adaptava. Então, reclamava de tudo: das condições de trabalho, das jornadas, do salário, dos chefes imediatos, mas também do grande capital e do governo que administrava a grana, dos preguiçosos que viviam de subvenções sociais enquanto ele dava duro, dos estrangeiros cada vez mais numerosos na linha de montagem. Tudo era pretexto para ficar com a pulga atrás da orelha e cuspir marimbondos. Não era difícil perceber que se sentia desclassificado, desprezado, a vida tinha pregado uma peça, e, como isso não podia ser culpa dele, tinha que ser dos outros. Sim, até onde minha memória chega, vejo meu pai frustrado, furioso e acusador.

Com o tempo, aceitei examinar lucidamente suas frustrações. Elas não eram totalmente infundadas.

Primeiro, havia Blanquefort, uma cidade suburbana mirrada para quem procura grandes espaços, decepcionante para quem ambiciona ficar no centro das coisas. Se ao menos fosse Bordeaux, que se renovava de alto a baixo, que voltava a ser chique, revitalizava a região portuária, seu rio e seu Triângulo Dourado, sua burguesia, seu granito – mas não, ele estava na periferia, longe dos bem situados.

Pior: em Blanquefort ele não tinha nem mesmo a opção de frequentar os *chateaux* das vinícolas, só as habitações, os loteamentos para a vida ordinária e a imensa zona industrial, para sua vida profissional. As pessoas elogiavam a cidade florida, boa de morar, ele não entendia do que falavam. Todo mundo se extasiava com a fortaleza medieval, ele só via ali mais uma prisão.

E a fábrica da Ford. Claro, todos diziam para quem quisesse ouvir que era a maior fábrica da região da Aquitânia, uma joia, um provedor de empregos, um templo da modernidade e mais isso e aquilo, superlativos não faltavam, mas no fim das contas era só mais uma fábrica, com seus uniformes, seu proletariado, seus relógios de ponto, seus turnos e seus salários nada mirabolantes. Meu pai podia aspirar a uma ascensão na hierarquia, pois era ainda jovem, só que, para isso, teria que ter demonstrado ambição, vontade, disciplina, e você já compreendeu que ele era exatamente o oposto desses quesitos.

E a criança. Passado todo o encanto de todos os inícios, era um bebê que chorava, que não dormia a noite inteira, que precisava de banho, que espalhava tudo na hora das refeições, fazia uma zona tremenda com a comida. Mais tarde, uma criança agitada, hiperativa, curiosa demais e mimada ao extremo, sempre agarrada às saias da mãe. Não era o que ele imaginava. Mas ele algum dia imaginou ser pai? Chegou a pensar no que isso significava?

Então, voltando à pergunta do comandante, sim, ele se irritava por qualquer ninharia.

(Não pense que estou procurando desculpas. Procuro explicações. Para não me afogar.)

17

Minha mãe, ela sim, vivia criando desculpas. Dizia que era o temperamento dele e vivia defendendo que a gente devia aceitar as pessoas *por inteiro, ou não aceitar*, que não tinha essa coisa de querer só as coisas que convêm: se a gente amava sua energia, seu charme, seu lado um pouco sacana, então era preciso aceitar também sua irritação, seus acessos.

Ele não é mole não, o Franck, ela repetia (uma fórmula que desencorajava a crítica). "Não é mole não". E a gente sentia que ela gostava disso. Pelo menos, no começo. Como se ele tivesse chegado para compensar o caráter dela, tímido demais, sua existência muito linear, sua tristeza às vezes um tanto pesada. *Um equilibra o outro*, ela resumia.

Tinha isso. Dizem por aí que os casamentos que duram muitas vezes são aqueles em que os dois parceiros mais diferem entre si. O deles duraria vinte anos. O deles duraria *até a morte*. Mas, com o passar do tempo, ela teria que dar um jeito de acalmar os ânimos ao constatar que, cada vez mais, ele *perdia as estribeiras por nada* (mais uma de suas frases feitas). As crises cresciam em frequência e intensidade. Então, quando ele ficava sombrio, suscetível, ela botava panos quentes. Tinha várias táticas, que foi aperfeiçoando no correr dos anos.

Mudar de assunto era a mais eficaz. Um pouco brusca, mas, curiosamente, funcionava, não porque ele compreendesse que ela não queria alimentar sua ira, mas porque sua atenção se voltava logo para outra coisa, como uma criancinha que, quando a gente agita o chocalho, esquece que está chorando.

Outra tática: baixar o tom. Primeiro só um pouco, depois radicalmente. Ele era forçado a imitar, e por mais incrível que isso pareça, acabava calando a boca, quem visse poderia jurar que ela tinha lançado algum feitiço.

Ousar fazer uma piada era mais raro, porque ela não era muito dotada para o humor. Mesmo assim, no fogo da discussão, ela às vezes conseguia, tirando leite de pedra, como se a urgência desencadeasse nela um misterioso mecanismo. Flagrado no contrapé, ele rapidamente baixava a temperatura.

Abraçar: esse era o último recurso, porque ela não podia abusar da técnica, e era importante que ele não considerasse esse gesto como piedade ou infantilização. Só usava o recurso quando o solavanco era mais violento. Pelo menos, os tremores no corpo dele cessavam por um momento.

Mais frequentemente, ela recorria a um discurso apaziguador, garantindo que as coisas iriam se resolver, mesmo que eles ainda não soubessem como, mas só o fato de dizer essas palavras abria uma passagem de luz, porque ela não podia mentir, as pessoas acreditavam nela sempre, ela tinha superado um choque terrível na sua juventude, era como se tivesse um crédito extra.

De tempos em tempos, ela não hesitava em forçar a barra na criatividade, inventando um futuro glorioso, voltando à história do exílio. Então, acenava com outros destinos, outras aventuras, e ele se punha a sonhar e a sorrir. Eu me lembro do sorriso de meu pai nesses momentos. Era um sorriso que me serenava porque dizia: é isso, a crise passou, a gente passou por ela sem feridas. Um belo sorriso. Os monstros também têm o direito de ter um sorriso bonito.

Eu também não contei nada dessas coisas ao comandante em nossa primeira conversa na sua sala. À pergunta: "Você diria que a natureza de seu pai era raivosa?", eu me contentei, após uma breve troca de olhares com minha irmã, em responder:

– Sim, eu diria.

Fosse o que fosse, eu era como um animal paralisado pelos faróis de um carro: incapaz de avançar.

18

– Encontramos comprimidos de Prozac numa *nécessaire* no fundo de um armário de medicamentos... A mãe de vocês estava usando antidepressivos?

Não esqueço jamais dessa frase, mesmo dita sem afetação, com uma pontuação neutra, na intimidade da sala do comandante, tendo como único objetivo coletar dados, marcar um item numa lista, formar um caso. Com essa *frase* abre-se para mim o caminho da culpa, do remorso, da mortificação. É ela que acende o pavio.

Até aquele momento, eu tinha vivido na ignorância, na cegueira, ou na negação (voltarei ao assunto). A partir da *frase*, eu sei, eu entendo que não procurei saber e que, depois, desviei o olhar – enfim, sei que desarmei todos os sinais de alarme.

Sem saber nada dessa história de Prozac, recorri à minha irmã. Lembro que girei o pescoço bem lentamente, como se quisesse retardar o momento de encarar Léa, ou teria que escutar a resposta que me assombrava. Com uma expressão de empatia, ela logo notou meu ar abobado e pareceu lamentar que eu descobrisse dessa maneira.

Ela confirmou com a cabeça. A brutalidade não precisa necessariamente de grandes discursos ou gestos.

Vencido, miserável, eu deixei escapar:

— Por que você não me contou? (Como se fosse isso o importante, os segredos de minha irmã, ou as minhas lacunas, mais que o desespero que tudo isso trazia, mas acho que eu precisava de uma distração, um pretexto para continuar a não olhar as coisas de frente.)

Como resposta, Léa se explicou sem aspereza (essa neutralidade, também, me feriu mais do que se ela tivesse feito uma acusação veemente):

— Faz cinco anos que você nunca está por perto.

O som de um machado que tomba.

Pierre Verdier estava a léguas dessas questões familiares. Nossas tempestades internas não eram sua prioridade.

— Você sabe quando ela começou a tomar?

Léa pareceu refletir. Depois disse que não sabia exatamente.

— Ela se escondia para tomar as pílulas — concluiu, para explicar sua ignorância.

E mais uma vez ainda eu não pude deixar de visualizar a cena, minha mãe engolindo as pílulas às escondidas, para não preocupar a filha, para não chatear o marido, guardando a caixa numa *nécessaire*, indetectável, fechando às pressas a porta do armário de medicamentos, respirando fundo, sentada na borda da banheira, depois se obrigando a fazer uma cara boa assim que saísse do banheiro.

Visualizei a solidão e o desalento dela, e a sentença de minha irmã ressoou ainda mais doída.

Eu nunca estava por perto.

As questões mais traiçoeiras começaram a girar no pensamento. O que mais eu deixei passar? O que ainda teria que saber? Quantos abismos estavam por se abrir debaixo dos meus pés? Mas, acima de tudo, como eu pude não perceber, nem supor, nada?

19

Nosso avô materno esperava na saída.
Coube a mim dar a notícia.

– Nós podemos cuidar disso se o senhor preferir – sugeriu Verdier, mas decidi que tinha que assumir a empreitada. No telefone eu me limitei ao indispensável, os fatos em si bastavam, nessas circunstâncias a frugalidade funciona como defesa. Em contrapartida, ele não mostrou reação. Claro que deve ter ficado aturdido e aniquilado como nós ficamos, mas, por reflexo, viu que o essencial era salvar o que ainda podia ser salvo: *nós*, em primeiro lugar.

– Estou indo.

Ele veio direto de Bergerac, onde tinha se instalado desde a aposentadoria. Uma hora e meia de estrada. Logo imaginei o trajeto, o desespero ao volante. Alguém deveria ter acompanhado nosso avô, mas, na correria, não pensei nisso. Imaginei seu calvário. Ninguém deveria ser submetido a um castigo assim.

Sem autorização, como nós, para entrar na casa, ele foi encaminhado à delegacia, onde seus netos eram interrogados. Primeiro, aguardou no corredor. Depois, perturbado pelo balé dos policiais e o som abafado das conversas que só tratavam do caso, ele preferiu sair dali e esperar ao lado do carro, no estacionamento. Eu o revejo, as mãos enfiadas nos bolsos de uma capa de chuva puída, reto como um I maiúsculo, como sempre. Mas, quando nos aproximamos, o vermelho de seus olhos ficou evidente. Ele tinha chorado, chorado muito, e eu me dei conta de jamais ter visto vovô assim. Para mim, até então, era aquele homem afável, sempre impecável, atrás de sua caixa registradora, ocupado em dar o troco aos clientes, de um humor perfeitamente equilibrado, um homem que não chamava atenção e que, com a chegada da idade, pendurou as chuteiras e partiu para a Dordonha, onde o aguardava uma casinha de família que ele havia arrumado. Morava só, nunca voltou a se casar, e jurava que essa solidão não pesava, ao contrário. Ali ele cultivava uma horta. A filha caçoava gentilmente dos seus tomates e das suas cenouras, mas ele garantia que aquela era a vida que queria. E lá estava ele, no estacionamento, a noite caindo. Estarrecido. Um aglomerado de dor. Havia perdido sua mulher vinte e cinco anos antes, e agora, sua filha única. O que ainda podia acontecer de pior?

Ele beijou a gente, e nos abraçou mais forte do que o costume, sem dizer uma única palavra. Já tinha entendido que palavras eram supérfluas, absurdas.
Vovô, pelo que me lembro, não gostava muito de nosso pai. Nunca diria isso em voz alta, era educado demais e, acima de tudo, respeitava escrupulosamente a decisão da filha. Mas a coisa era subentendida nos almoços de domingo, quando ele guardava sempre uma distância, e essa distância tinha ares de reticência; os anos iam passando sem que ele jamais conseguisse conter esses sinais.
Agora, talvez ele pensasse: eu sempre desconfiei desse homem!, não era a pessoa certa para minha filha!

Teria o homicídio despertado, enfim, a ira represada? E o remorso por ter se calado? Uma pergunta que jamais seria feita, ou respondida.

Em seguida nosso avô indicou que, a fim de enfrentar a situação com agilidade, tinha reservado um quarto de hotel para ele e um outro para nós dois. Respondemos que a Sra. Bergeon oferecia hospedagem para aquela noite e que tínhamos aceitado. A gente não queria se afastar da casa e precisava se sentir em território familiar. Ele disse que estava bem.

Mas fomos jantar os três no restaurante do hotel e conseguimos vencer o desafio de não dizer nada sobre o que tinha acontecido. Os fatos ocupavam nosso espírito integralmente, mas era difícil demais evocá-los, sobretudo para ele. O tempo certo viria. Tentamos conversar sobre amenidades, mas logo abortamos o plano, e ficamos à deriva, vagando entre longos intervalos de silêncio e o guizo dos talheres nas louças. Um casal de turistas alemães jantava próximo à nossa mesa. Eles ignoravam por completo o drama que nos afligia. Às vezes soltavam interjeições entre uma e outra garfada. Não sei se a despreocupação deles nos tranquilizou ou se, ao contrário, pareceu cruel. A vida continuava em torno da gente. Isso era formidável e grotesco.

20

Claro que naquela noite nem Léa nem eu conseguimos pegar no sono. Ficamos os dois num dos quartos dos filhos da Sra. Bergeon, que tinham acabado de deixar o ninho. Eu estava sentado numa poltrona, as pernas abertas, a cabeça inclinada para a frente, os braços sobre as coxas, e isso basta para descrever minha desordem. Talvez você se espante de eu falar em desordem quando nossa mãe tinha sido levada. Talvez você ache que a tristeza devesse predominar, ou o estupor, porque as circunstâncias eram abomináveis, ou a raiva, porque eram revoltantes, ou a inquietação porque nosso pai ainda não tinha sido localizado. Eu provavelmente estava atravessado por todos esses sentimentos, mas me parece que aquele que dominava era, sim, essa maldita *desordem*. Eram informações demais ao mesmo tempo, uma overdose de fatos inéditos, uma sequência de golpes cruzados, eu estava mergulhado na confusão, aflito, girando no olho do ciclone, incapaz de desacelerar.

Minha irmã, por sua vez, ficou deitada na cama totalmente vestida, brincando com os dedos que ela apontava para o teto salpicado de estrelas e de planetas, pois era um quarto de criança, a criança cresceu, foi embora, as estrelas ficaram.

No princípio, claro, como no restaurante, tentamos falar de amenidades. Se abordávamos outros assuntos, o da morte de nossa mãe ficaria menos aflitivo pois deixaria de ocupar todo o nosso espaço mental. Não era nada mais, nada menos, que um reflexo de sobrevivência: adivinhávamos o risco de sermos tragados. Era também para retomar nossos hábitos: sempre que eu chegava de Paris, a gente se refugiava no jardim dos bons tempos, dos dias ensolarados, ou no salão quando a chuva batia nos azulejos, e um perguntava ao outro como andavam as coisas, o que tinha acontecido nas semanas de intervalo.

Léa estava na sexta série na "Dupa", ou seja, o colégio Emmanuel-Dupaty. A quem pedisse informações mais precisas, a gente apresentava Dupaty como um autor dramático e acadêmico francês. Na realidade, era um cantor, eleito para o Instituto[*] no fim da vida, concorrendo contra o jovem Victor Hugo, que se candidatava também. E que só teve direito a um colégio com seu nome em Blanquefort porque tinha nascido lá.

O estabelecimento, típico, era daqueles nos quais se pode ter uma escolaridade agradável, mas que não prepara o aluno para a excelência, não permite que sonhe com o topo da pirâmide. Léa não sonhava com o topo. Ela sequer sonhava sair do lugar. Não se via como advogada ou médica. O diploma secundário já parecia a ela um horizonte longínquo, incerto demais. Tudo o que contava para ela eram suas duas amigas, Chloé e Manon, com quem formava um trio inseparável desde que se conheceram na quarta série.

---

[*] O autor se refere a "L'Institut de France", que une as diversas academias (letras, ciências, artes) francesas. [N.T.]

Aliás, foram elas que Léa mencionou logo de cara, não suas aulas, não seus professores, não seus resultados, não suas matérias preferidas ou as que enchiam sua paciência, mas suas duas amigas, que a impressionavam porque eram descoladas, livres, sem medos, enquanto ela era tão discreta, tão complexada, porque elas sabiam tudo o que rolava no YouTube, nas redes sociais, nos *reality shows* enquanto ela tinha um pobre celular pré-histórico e uma mãe que vivia alertando contra as miragens das celebridades instantâneas, porque elas se maquiavam, eram capazes de usar roupas sugestivas enquanto ela ficava nos jeans e nos bons e velhos pulôveres, largos demais. Eu, seu irmão, estava adorando conhecer as amigas, mas, a exemplo de nossa mãe, eu preferia que ela não tivesse ainda sido devorada por aquela época na qual reinava a aparência, o descaramento, a facilidade.

Naquela noite, Léa mencionou que Chloé tinha comprado uma blusinha que deixava seu umbigo de fora, o que permitia que vissem seu *piercing*, e que Manon achou o perfil de um tal de Kevin, que exibia seu corpo tatuado e musculoso na televisão, num condomínio com piscina. E naquela noite eu me segurei para não dizer o quão fútil eu achava toda essa conversa. Ela tinha todo o direito de usar a futilidade e a inconsistência como escudos, ainda mais se pensarmos no peso que ela carregaria dali em diante, antes de ser, eventualmente, lançada ao fundo do poço.

21

– Tudo bem na Ópera? – ela perguntou.

Eu ainda estava no corpo de baile, junto com outros cinquenta, mas já tinha pisado várias vezes no grande palco, especialmente em *Giselle, La Bayadère* ou *Sonho de uma noite de verão* e estava perto de ser promovido a corifeu, transição entre o corpo de baile e o solista. Tinha trabalhado duro, desde o início, para chegar lá.

Comecei a fazer dança clássica aos oito anos, primeiro no conservatório de Bordeaux. Seis anos depois, incentivado pelos meus professores, entrei no concurso de admissão para a escola de dança da Ópera de Paris.

Eram cerca de quinhentos na posição de largada. Fomos submetidos a um exame físico: queriam ter certeza de que tínhamos as proporções corretas e a tendência a um desenvolvimento harmonioso. Depois, a uma prova de dança – eu tinha obedecido a vários requisitos dos jurados, executado os passos e figuras demandados, exatamente como em *Billy Elliot*, antes de apresentar uma coreografia sem pretensões sobre uma peça que escolhi. E, como em *Billy Elliot*, tive certeza de ter arruinado tudo. Na saída, eu simplesmente murmurei para minha mãe:

– Nenhuma chance. Acabou.

Ela baixou os olhos, já temendo a volta das recriminações de meu pai, que foi hostil à minha vocação desde o primeiro dia. Ele se opunha à ideia do Conservatório, usando uma lenga-lenga previsível:

– É coisa de mulher.

Só acabou cedendo porque minha mãe suplicou. E sem dúvida também porque no fundo, para ele, naquele momento, até vinha a calhar renunciar ao ofício de pai e lavar as mãos. Depois, acompanhou minhas atividades à distância, sem nunca perguntar nada, sem parecer minimamente interessado. Na mesa, não se falava no assunto, como se fosse algo proibido. Fingiam que nada existia. Quando seus amigos tinham coragem de perguntar sobre minha estranha ocupação, ele encolhia os ombros e se saía com alguma frase de efeito, como ouvi, certa vez, pela fresta de uma porta:

– Eu me pergunto se ele é realmente meu filho.

Quando minha mãe anunciou meu desejo de fazer o concurso, ele disse, aos berros, que não teríamos condições, e, depois, o que as pessoas iriam dizer? Se fosse um *hobby* ainda passava, mas se eu quisesse fazer disso o meu ganha-pão eram outros quinhentos. Mesmo assim, mais uma vez, ele acabou cedendo. Pelo pior motivo, se a gente pensar: eu viveria em Paris, minha ausência era a forma mais prática de ele se livrar de constrangimentos. E se, no fim das contas, eu levasse pau no concurso, teria que voltar com o rabo entre as pernas, aguentar seu sarcasmo e seu desprezo, e minha mãe, suportar seus ataques e suas peças de acusação.

No fim, fui aprovado.

E, com quatorze anos, deixei o ninho para me juntar a uma outra família. Bem longe.

Na escola, aprendi todas as formas de dança: clássica, é claro, mas também contemporânea, moderna, *jazz*, folclórica, barroca; e fiz cursos de mímica, de comédia, de ginástica e de anatomia. Contado assim, parece legal, e era mesmo. Mas, também, um inferno. Porque a gente treina até a exaustão e se machuca; o corpo todo dói. Porque nos submetem a uma disciplina de ferro; sem direito a qualquer descanso, a qualquer distância. Porque sofremos uma pressão brutal; somos avaliados o tempo todo, todo ano passamos por uma nova prova e, se fracassamos, somos descartados. Porque só pensamos nisso, somos ofuscados por isso, não há lugar para nada além disso. Já contaram a vocês essa história. Ela é verdadeira. Ou não: pior.

Aos dezoito anos, passei no concurso de admissão (último obstáculo a vencer para os cavalinhos que nós éramos) e entrei para o balé como estagiário. Um ano depois, já me promoveram ao escalão seguinte. A partir daí, eu passava de verdade ao corpo de elite, perto do topo.

Então, veio o telefonema.

Na linha, era minha irmã que chamava.

À pergunta dela, no quarto de criança com estrelas no teto, nessa casa onde tudo rangia, nessa noite que nos cercava, *tudo bem na Ópera?*, eu simplesmente respondi:

– Tudo.

22

Logo essa falsa aparência de normalidade evaporou e fomos atingidos em cheio pelo horror daquele dia.

Fui eu que voltei *ao assunto*.

Senti que Léa estava propensa a manter distância, e até desejava isso, com força; ou talvez o oposto: estava tão fraca que, com medo de submergir, se alheava com a firme determinação das vítimas dos grandes traumas.

Eu, ao contrário, me sentia totalmente incapaz de me desvencilhar do *assunto*. Imaginava que manter a distância seria com certeza salutar, permitia ao coração se desvencilhar do sofrimento extremo. Mas não dispunha dos meios para alcançar tamanha renúncia, tamanha ilusão. Talvez porque os meios não existissem.

Assim, resolvi de uma vez fazer a ela a pergunta que eu não parava de repetir mentalmente desde o telefonema, a pergunta que me estrangulava, quase me matava: "Por quê?". Contrariando toda expectativa, Léa, sem drama, em poucas e conclusivas palavras, expressou a provável motivação do assassino:

— Mamãe tinha decidido ir embora de novo.

É preciso que você saiba: nossa mãe já tinha ido embora *antes*. Fazia dois anos. Na verdade, ela tinha ficado e ele, saído. Haviam combinado *uma separação temporária*, foi o que disseram na época, aquela história de *fazer um balanço*, entender como estavam as coisas, e nosso pai foi para a casa da irmã por algumas semanas (tudo na maior discrição, para evitar o disse me disse).

Revejo, com nitidez, os dois dando a notícia. Eu tinha vindo excepcionalmente passar o fim de semana com eles. Acho que esperaram que eu viesse para contar a novidade. A reunião foi na cozinha (lá, onde, dois anos depois, o ato final seria encenado). Vejo Léa, eu e minha mãe sentados diante da mesa. Meu pai de pé, tentando ao mesmo tempo ser solene e brincalhão, como Yves Montand num filme de Sautet, fazendo seu número clássico para a gente entender que ele continuava a ser o chefe de família e que aquela decisão pertencia só a ele. Acontece que, na sua atitude – seus tiques, sua exaltação –, ficava claro que ele sofria naquele papel, em meio a um enredo que teve que aprovar a contragosto. E o fato de ser obrigado a fazer as malas era suficiente para nos convencer disso. Como mamãe teria convencido ele a se render? Será que, nos seus atos, foi tão longe a ponto de se sentir um patife, um merda? Ou ela teria ameaçado ir embora de vez? A gente não podia saber. Ela se calava, ouvia aquela sua conversa fiada em silêncio para poder enfim, oficialmente, dar aquele tempo, essencial *até para os casais que se amam, aliás, principalmente para eles*.

A gente foi pego de surpresa. Claro que tínhamos consciência das tensões que surgiam às vezes – nosso pai estava *com os nervos à flor da pele*, nossa mãe, *na defensiva* –, mas imaginávamos que era assim mesmo, com todos os casais, e que nunca durava muito tempo.

A realidade: meu pai tinha começado a desenvolver uma paranoia horrível. Estava convencido de que nossa mãe o traía, que ela ia *ver homens*, exigia que ela abrisse a agenda com os horários e compromissos, espionava o celular sem pudor e censurava o modo como ela se vestia, *sugestivo demais*. No início ela negava tudo veementemente, depois passou a refutar com uma espécie de calma, procurando demonstrar o quanto era inocente; até que, por fim, foi aprendendo a se calar quando ele perdia as estribeiras, a se conter, a não se mover um milímetro, esperando aquilo passar.

E passava.

Eles davam um jeito de a gente não testemunhar as crises. Quando estávamos por perto, seguravam a onda, como atores, poupando os filhos do espetáculo de sua desunião. E quando isso não adiantava e o caldo entornava, sempre por culpa de meu pai; quando, de repente, havia uma eletricidade no ar, ou uma tensão brutal, ou um profundo mal-estar, nós, as crianças, ficávamos sem graça, não tínhamos paciência para esses embates, então, por comodidade, fingíamos não ter notado e esperávamos que a vida retomasse seu curso normal.

E retomava.

Daí nossa surpresa quando eles anunciaram que iam dar *um tempo*. Afinal, a gente não era cego. Eu não era.

Um mês depois, ela deixou ele voltar. A gente nunca soube o que levou à reconciliação. Parece que ele se desculpou, jurando, com socos no peito, que aquilo não iria acontecer de novo, que nunca mais ele iria desconfiar de seus passos. Ela fingiu acreditar. Acho que queria, a todo custo, ajeitar as coisas, o casamento, o lar, a família, a casa.

Até que, um dia, ela decidiu *ir embora de novo*.

23

— Mas ela te avisou?
— Ela pediu para eu estar pronta.
Lembro que fiquei chocado com essa expressão, quase militar: *estar pronta*. Significava que já pensava nisso havia um bom tempo, que tinha tomado uma decisão, só esperava o momento mais propício, ou menos ruim, provavelmente as passagens de trem ou de ônibus já estavam na bolsa e ela já tinha até encontrado um lugar para ficar, era uma pessoa organizada, não deixaria nenhum ponto sem nó. Mas por que esperar, por que não pegar correndo sua filha pela mão e escapar de uma vez? Ela estaria provavelmente viva hoje se tivesse fugido logo; ou será que esperava as coisas melhorarem, no momento de passar pela porta a gente se segura, tem uma última hesitação; ou esperava alguma resposta, um sinal verde, de alguém, uma terceira pessoa, um amigo, um advogado?
"Aconteceu alguma coisa? Para que ela decidisse isso?"
— As bofetadas. Aconteceram as bofetadas.
Essa resposta, simples, sem desvios, detonou um desmoronamento interno. Sabe aqueles blocos de apartamentos antiquados que são dinamitados e que desabam sobre si próprios? Bom, é isso, essa era a sensação. Só que no corpo.

A partir daí, Léa se destravou.

Certa noite, quando eles discutiam na sala, ela ouve o soar de uma bofetada.

Minha irmã está trancada no quarto, então, não é capaz de ter certeza absoluta, não é testemunha direta da cena. Mas para ela não resta dúvida. Os termos da contenda chegam amortecidos, acusticamente deformados, mas ela consegue facilmente captar, pelo menos uma vez, que, apesar de suas promessas, nosso pai acusa nossa mãe de ter olhado um homem por tempo demais.

Naquela noite, depois do trabalho, ele tinha vindo buscar a mulher na tabacaria. Em geral, fingia que era uma surpresa, ou a proposta, casual, de uma carona para ela não precisar ir a pé, mas, na realidade, estava espionando seus passos. Não suportava a ideia de ela estar só, sem vigilância. Na loja, o pai dela estava sempre por perto, mas e nos intervalos? Nos intervalos, tudo podia acontecer.

Ela não se deixava enganar, sabia muito bem qual era a jogada dele, e tinha se resignado. Salvo que, naquela noite, quando a loja estava fechando, nossa mãe encontrou por acaso um colega de turma, de passagem pela região, um cara com quem ela se dava no Liceu e que não via desde os tempos de estudante. Ficou contente de reencontrar o sujeito. Era como reviver por um momento sua adolescência, seus anos felizes. Além disso, o sujeito era animadíssimo, do tipo que descontraía qualquer ambiente. Ele não tinha mudado. Acabava de contar à nossa mãe que abrira uma concessionária de carros em Biarritz, quando nosso pai entrou pela porta. Ela percebeu a imutável ira do marido e se despediu precipitadamente de seu antigo amigo, que deve ter se espantado com essa reviravolta inesperada. No caminho de volta, eles não se falaram;

à mesa, também não. Pelo ambiente pesado na sala, Léa já sabia que algo estava acontecendo, mas tinha o hábito de não fazer perguntas. A partir do momento em que a filha subiu para o quarto, ele trouxe o assunto à tona. Naquela noite, ela revidou. Devia estar farta daquilo. O tom da discussão subiu. Ele com certeza ficou surpreso. Para dar um basta nesse princípio de rebelião, escolheu, entre todas as opções, bater nela. Logo os gritos cessaram. Na lembrança de Léa, a sequência era muito nítida: as palavras vivas, as explosões de voz, as exclamações e, de repente, o som eminentemente reconhecível de um estalo violento num rosto e, então, um silêncio abissal.

Era só o começo.

24

Léa então me contou sobre as outras brigas, quase sempre sobre o mesmo tema. O roteiro era idêntico: ele implicava com ela, ela fingia que não ouvia, virava o rosto, se ocupava de outra coisa, a louça, a arrumação. Ele insistia, se aproximava dela, um pouco perto demais, para mostrar quem mandava na casa, quem dominava, a quem era preciso jurar lealdade, prestar contas, a quem ela devia fidelidade e respeito, e quando ele não suportava mais o silêncio, a inatenção forçada, defensiva, vinha a bofetada. No instante seguinte ele se desculpava, *não foi minha intenção fazer aquilo, não sei o que deu em mim, é você que me leva a esses extremos*, e renovava suas desculpas, ficava cansativo, fazia um escândalo, antes de concluir mais uma vez que a culpa era toda dela, pois ele era a vítima nessa história toda, ele que talvez estivesse sendo traído, no mínimo deixado de lado, era dele que os outros zombavam pelas costas, achando que não sabia de nada. E era humilhante ser tratado dessa forma, como um pobre coitado, era por isso que sua mão se lançava, fora do controle (*ela escapou sozinha*, diria com certeza se alguém pedisse explicações; as bofetadas, vocês sabem, *escapam sozinhas*), era preciso que *a coisa* saísse, que ele se livrasse desse peso opressor. Às vezes ele chegava ao ponto de se afogar em lágrimas. Léa ouviu claramente ele chorar, *e o pior é que parecia sincero*. E, verdade seja dita, nossa mãe acabava perdoando, ou passava a borracha, dizia que *não foi nada* com uma voz suave, consolando o marido como uma criança, para acalmar seus soluços.

Era medonho.

De tempos em tempos, mais raramente, a coisa girava em torno de grana (*você joga dinheiro pela janela*), ou dos meus estudos (*as frescuras do seu menino custam um rim, pode me dizer para quê?*), ou a bagunça na casa (*você não se importa de viver num chiqueiro?*) ou do jantar que não estava pronto (*eu dou duro, e quando chego em casa, ainda tenho que esperar*). Ele sempre tinha um pretexto falacioso. Precisava de um motivo, não importava qual, para criar um conflito, pôr sua guerrilha em ação. Estava completamente tomado por sua paranoia, seus ciúmes, seu narcisismo, seu pavor do abandono, pois é preciso chamar as coisas pelos nomes.

O problema é que a coisa era insolúvel, infinita. Ela não era culpada de nada, não tinha feito nada de errado para criar tanto desgosto, mas, sem provas conclusivas de sua inocência, não podia fazer nada. Mesmo assim, para tranquilizar nosso pai, ela assumia compromissos e até fazia juramentos, como fazem os verdadeiros culpados. Tinha chegado a esse ponto, e ainda assim, nada era suficiente, ele estava condenado a nunca ficar satisfeito, jamais saciado.

Assim que ela terminou o relato, repeti à minha irmã a pergunta que tinha feito pela primeira vez diante do comandante:

– Mas por que você não me disse nada?

Minha ausência da casa não explicava tudo. Léa então revelou que nossa mãe pediu que se calasse. Ela tinha adivinhado que sua filha sabia, ou que ao menos tinha alguma ideia da situação, com certeza ouvia as explosões de voz, testemunhava conversas de repente interrompidas, flagrava as lágrimas rapidamente contidas, o roxo nos braços, que ela cobria, no susto. Então, um dia, mamãe se antecipou. Claro, ela não confessou nada, nada confirmou, não diante de uma criança, sua criança, mas exigiu silêncio, impôs o segredo, *jura por tudo que é mais sagrado?*, fingindo que era uma questão de confiança, e que esse tipo de coisa, de toda forma, nunca devia ser comentado fora de casa, que ninguém tem nada a ver com isso, e que, *além do mais* não ia servir de nada trazer preocupações, a mim, o irmão mais velho exilado, que pelo menos tinha uma chance de sair desse pântano e tinha outras preocupações, outras prioridades, passar em concursos, a gente não iria aborrecer ele *com isso*. Ela tinha usado essa expressão, *com isso*, para se referir aos tapas, à violência doméstica, à tirania do marido. Ela não pronunciou *as palavras*. Era um modo de dizer tudo, sem confessar. E minha irmãzinha aquiesceu, aceitou não nos preocupar *com isso*, a um passo do precipício.

25

Não demorou para um novo interrogatório ser agendado. Eu repetia para mim mesmo: "Apesar de tudo, apesar da dissimulação, das omissões, do meu distanciamento, como é possível que eu não tenha visto nada?". Com certeza houve sinais, mesmo frágeis, indícios, mesmo tênues. Com certeza.

Foi então que, no quarto de criança tomado pela noite, começaram a me voltar à memória (como o magma emerge das profundezas para explodir na superfície de águas plácidas) coisas às quais eu não tinha dado a devida importância no momento e que, examinadas, reunidas *a posteriori*, formaram uma imagem surpreendente.

Primeiro, seu modo de se vestir. Minha mãe era vaidosa e preocupada com a aparência. Ela fingia que era por causa da profissão (não iria se apresentar *aos farrapos* diante de seus clientes), quando teria bastado admitir que gostava de usar roupas que valorizavam sua silhueta impecável, que não mostrava nenhum sinal de que tivesse um dia ficado grávida. No entanto, nos últimos tempos, tinha passado a só vestir roupas sem corte, suéteres amarrotados, calças largas demais. Tinha cedido às imposições do marido: parar de atiçar o desejo dos homens. Assim, tendo perdido a coragem de se cuidar, ela se largava. Eu realmente notei essa transformação, mas não comentei, com medo de ser indelicado, deselegante. Além do mais, pensei: é fim de semana (durante os dias úteis eu não estava lá), e nos fins de semana todo mundo tem o direito de se vestir com a primeira coisa que acha no armário, de ficar à vontade.

Ela também parou de se maquiar. Antes, adorava passar um pouco de batom, nos lábios e nas maçãs do rosto, ou de sublinhar os olhos com um pouquinho de *khol*. Agora, renunciava a tudo isso. Eu devo ter pensado: tem a ver com a idade, depois dos quarenta você não pode mais se comportar como se tivesse vinte e cinco, você escolhe a sobriedade, o simples, para não correr o risco de rapidamente se parecer com essas mulheres pintadas que provocam risos quando passam.

Ou, mais provavelmente, não pensei nada.

Ela tinha emagrecido. Isso eu comentei, e ela me respondeu num tom de brincadeira: "Comecei um regime, tenho que prestar atenção agora, os quilos que a gente ganha nessa idade não perde nunca mais". Encolhi os ombros para enfatizar minha desaprovação às suas palavras, à sua dieta. Ela sorriu. E mudamos de assunto.

Tem mais: um dia, meu pai fez um comentário depreciativo sobre o trabalho dela, que na verdade nem era um trabalho, era uma coisa sem graça, e como ela não reagiu, decidi falar por ela, achei que era preciso retrucar que aquele era um ofício de contato social, cansativo, que ajudava a não faltar nada para a família. Quando acrescentei que ela era útil, porque vendia jornais, livros, ele ironizou: "E raspadinhas, e maços de cigarro", disse, insinuando que ela estimulava os vícios e propagava o câncer. Aquilo me deixou fora de mim. Durante todo aquele discurso ela ficou muda e inerte, não se defendeu em nenhum instante, e essa inércia me irritou, enquanto devia ter me alertado, não era nada trivial.

Ela estava ficando murcha. Em todos os sentidos. Pálida, apagada e triste. O contrário do que tinha sido: sempre para cima, viva, estilosa. Tudo isso tinha se desbotado, se dissipado. Como esse processo não ocorreu da noite para o dia, era possível que a gente não se desse conta. No fundo, ela se apagou como uma vela. Uma amiga que não via fazia tempo ousou chamar a atenção na frente da gente e eu admiti que ela estava com a razão. Era preciso um olhar externo, a opinião de terceiros para que eu tomasse consciência dessa lenta, mas radical metamorfose. Minha mãe respondeu sem piscar:

— Eu trabalho muito, você sabe. E não tenho mais vinte anos.

Comprei essa desculpa esfarrapada. Pior, no lugar de me preocupar, pedi que parasse com aquilo. Sua amiga me lançou um olhar sombrio, que decidi não devolver. Esse olhar me voltou nitidamente, naquela noite, na casa da Sra. Bergeon.

26

– E os outros, não viram nada?
– Que outros?
– Os vizinhos, os amigos, nossos avós, nossa tia...
Fiz a pergunta porque essa história de cegueira me deixou incomodado (um incômodo incipiente que me assombraria por muito tempo, embora eu ainda ignorasse).
Como tanta gente podia ter *deixado passar*?
Precisava entender se alguém poderia ter impedido o que não tinha mais conserto, ou se nós todos tínhamos sido agentes de uma negligência condenável, ou, por fim, se fomos todos igualmente burros. No primeiro caso, eu teria alguém em quem descarregar minha fúria. No segundo, eu poderia me liberar um pouco da culpa que já me devorava. No terceiro, eu estaria um pouco menos só. Mas, se pensar bem, todas as minhas esperanças eram vãs. Teria sido absurdo e até doentio procurar um bode expiatório: o único culpado era meu pai. Teria sido ilusório crer que podíamos dividir a culpa: não era porque outros foram tão indiferentes ou imprudentes quanto eu que um *habeas corpus* me seria concedido. Seria surpreendente se, mesmo absolvido, eu me livrasse de uma tacada do remorso e da vergonha. Não, esse remorso e

essa vergonha ficariam aqui, iriam se encrustar na minha pele e infeccionar, eu pressentia isso.

— Não sei. Mas eles não disseram, nem fizeram, nada.

Léa, sem intenção, sem pensar mal, enfileirava respostas que soavam como sentenças.

Ela sem dúvida queria dizer que se eles não agiram foi porque estavam na ignorância. Mas no lugar disso eu enxerguei uma censura, uma condenação.

Essas censuras não iriam se mostrar tão infundadas. Na verdade, será que a gente não vê nada ou a gente não quer ver? Será que não estamos conscientes ou fazemos acordos com a nossa consciência? E quando ela vem nos atormentar (nossa consciência) será que a gente não fica procurando desculpas? *Eu estou imaginando coisas... Procurando cabelo em ovo... Se fosse realmente uma coisa grave, ela me diria... Não vou me meter na intimidade deles, eu não ia gostar que se metessem na minha...* E quando, de repente, a verdade se desvela, essa verdade que estava diante de nossos olhos e de que nós nem desconfiamos, ainda podemos nos dizer: *Eles escondiam bem o jogo, enfim, sobretudo ele, com certeza... Eles nos manipularam... E ela, de qualquer jeito, ela sempre detestou fazer escândalo...* A gente encontra até fórmulas prontas: *A gente não podia imaginar o inimaginável.*

Léa ainda estava deitada na cama, os olhos fixos no falso céu estrelado, quando acrescentou, com uma voz trêmula:

— Não. A única pessoa que viu fui eu.

Nesse instante eu me levantei rápido e me pus ao seu lado, de pé, fazendo com que me olhasse nos olhos. E disse com um tom firme, que surpreendeu a mim mesmo:

— Nada foi culpa sua. Absolutamente nada. Pode tirar já essa ideia da cabeça.

Ela ficou tão surpresa quanto eu, a ponto de acatar imediatamente minhas instruções.

– Está bem – disse, mais para me agradar que para consentir.

Afinal, eu tinha acabado de dar a ela uma ordem que eu mesmo seria totalmente incapaz de obedecer.

27

Então eu me sentei na borda da cama e voltamos ao que ela tinha revelado um pouco mais cedo: a decisão de nossa mãe de ir embora.

– Ele suspeitou?

Léa virou o rosto para mim.

– Acho que só soube hoje de manhã, quando ela anunciou que ia embora.

A resposta de Léa turbinou minha cabeça, que se pôs a pensar aceleradamente: foi isso, então, que armou seu braço vingador, não só a desconfiança doentia, não só um pressentimento, mas o próprio anúncio de que ela pretendia levar sua vida longe dele, sem ele, que soou insuportável, fulminou sua razão e detonou o mecanismo. Mas era preciso não se iludir: a manifestação da loucura súbita não explicava tudo, eu agora sabia que não, ele com certeza tinha sido movido, arrastado pela convicção, profunda e solidamente enraizada, de ter direito de vida e de morte sobre sua mulher. A violência à qual ele se aferrou demonstrava isso. Sua fuga confirmava essa hipótese, pois ele poderia ter se rendido na hora, confessado seu crime, aceitado seu castigo, mas se omitiu. Se tivesse agido sob o efeito da fúria de momento, isso não atenuava, em nada, sua responsabilidade.

— Eles gritavam. E, dessa vez, parecia que não estavam nem aí se eu estava ouvindo ou não. Até que, de repente, ela soltou a bomba, um grito, algo como: *de qualquer forma, eu vou embora*, acho que ela não tinha planejado dizer isso, ou pelo menos não dessa maneira, não naquele momento, mas ele esticou a corda, e ela mostrou suas garras, queria fazer disso uma ameaça, entende?, ela só queria fazer ele calar a boca, mas ele entendeu que ela já tinha feito as malas.

Escutando Léa falar, supus que o desfecho da tragédia foi decidido por uma bobagem. Se nossa mãe não tivesse lançado a ameaça, ele talvez tivesse poupado a vida dela. Em seguida, voltei à certeza que se formava dentro de mim: de um modo ou de outro, ele acabaria matando nossa mãe. Aquela enésima discussão, concluída com uma confissão forçada, foi só a centelha que faltava. Mais cedo ou mais tarde, viria uma outra. (Sob o peso de um terror dessa grandeza, a gente se consola como pode.)

Enquanto Léa seguia falando, voltou, de repente, a percepção de que ela tinha *assistido* a uma execução. Eu praticamente encobria esse fato, em meio à vertigem, à aflição e à sucessão dos acontecimentos desde o seu telefonema. E agora, de um golpe, a coisa saltava à vista, mais uma vez. Minha irmã, minha pobre irmã menor, na fragilidade de seus treze anos, viu e ouviu o caldo da amargura entornar e a fúria se exibir na forma do ato irreversível. Então eu fiz algo que não fazia desde que ela tinha seis anos: deitei na cama, ao seu lado, e apertei sua mão sem dizer nenhuma palavra. Como resposta, ela apertou a minha ainda mais forte.

Mais tarde, rompi a trégua:

— Você vai ter que contar isso para os policiais.

Pensando que minhas palavras eram uma censura, ela explicou por que não tinha dado um pio, à tarde, diante de Pierre Verdier:

— Eu queria contar para você antes. E é a primeira vez que a gente fica sozinho desde que você chegou. É um assunto nosso, acima de tudo, não é?

Eu quase respondi que um assassinato, ainda mais um tão abominável, tão revoltante, escapava dessa regra, pertencia a todo mundo, aos que se ocupam disso, aos curiosos de sempre, era algo que caía na boca do povo, e a gente não podia fazer nada contra isso, mas não disse nada. Porque ela tinha razão: *essas coisas* são assunto nosso, antes de tudo. Elas iriam inclusive determinar a trajetória futura de nossas existências.

28

E depois, sem combinar nada, sob o peso da noite vaporosa, sentimos, os dois, no mesmo momento, a necessidade de falar dela. Ela, nossa mãe. Mas não como se fala de uma morta, de uma mulher assassinada, um caso de polícia, não, mas de quem ela tinha sido para nós *em vida*. De repente, para tentar acalmar a confusão na qual a gente estava imerso, e afastar, ao menos por alguns instantes, a desolação, era preciso lembrar, e dizer: nós fomos felizes com ela, era uma boa mulher, era isso que tinha que permanecer, não o resto, não as imagens de uma cena de crime, os ecos das brigas, não a perspectiva de um longo processo judicial e de um luto sem fim.

Primeiro, sem que eu soubesse por que, Léa se lembrou de quando minha mãe e eu promovíamos as famosas sessões de confeitaria: era domingo, seu único dia de descanso de verdade, a gente se instalava na mesa da cozinha, solenemente, tendo diante de nós uma tigela, ovos, leite, farinha, manteiga, açúcar, fermento, a batedeira para as claras em neve, maçãs, se fosse o caso de tortas, chocolate, quando optávamos por uma *mousse*, ou Philadelphia, se fosse o caso de um *cheesecake*; eu ficava todo concentrado, mamãe, felicíssima, e Léa não perdia nenhum detalhe. Naquela noite, ela disse:

— Eu gostava tanto de olhar você, era melhor do que ir a uma peça.

Essa confissão me arrancou um soluço, que eu logo sufoquei. Ela prosseguiu, como se não fosse nada:

— Mesmo assim, meu momento preferido era quando vocês faziam crepes, ela te ajudava a fritar a massa.

Eu também revi nossa cumplicidade nessas ocasiões. Eram momentos triviais, se a gente pensar. Mas eu compreendia, tarde demais, que eram os mais importantes.

Eu disse:

— E você gostava de escovar os cabelos dela.

Léa mandava nossa mãe se sentar numa das cadeiras da sala de jantar e ela obedecia, de bom grado, ao que, com o tempo, se transformou num cerimonial.

— Desde pequenininha eu queria ser cabeleireira, eu treinava, entende?

A vocação havia passado recentemente, e ela agora queria ser enfermeira. Não viu que, ao renunciar ao sonho de infância, renunciava também à intimidade entre elas.

Então nós evocamos as escapadas para a bacia de Arcachon, a gente levava toalhas, uma barraca de praia e ficava horas ali, ela amava o sol na pele, apesar dos cuidados com a proteção, e a gente se lembrou no mesmo momento de mamãe aplicando o creme nos braços, espalhando pelo nariz, enquanto nosso pai debochava, dizendo que tudo aquilo era uma bobagem, que não tinha risco nenhum, e então ele corria e se jogava na água. E, se as crianças se comportassem, podiam ir comprar churros ou sorvete.

Ela sorria de leve enquanto a gente se lambuzava. Então, evocamos, quietos, aquele sorriso ligeiro.

Recordei que foi ela que me levou pela primeira vez à escola de dança. Eu tinha acabado de assistir a *Billy Elliot*, e tudo o que queria era me parecer com ele. Eu estava pronto para implorar, mas ela simplesmente respondeu: "Se é disso que você tem vontade, meu querido..." (ela me chamava de "querido"; não *ele*: eu). E ficou me esperando em frente ao prédio, e seus olhos brilharam junto com os meus quando voltei lá de dentro.

Léa se lembrou dela ajudando a fazer o dever de casa à noite. Muitas vezes eram só as duas na casa, o pai tinha saído para beber com amigos e eu já estava morando em Paris. Assim que fechavam os cadernos, ela ligava o rádio numa estação de música e às vezes dançava, conduzida, transfigurada, por uma Céline Dion ou um *hit* do Abba enquanto preparava o jantar. Quando Léa cismava de zombar gentilmente de sua euforia, ela respondia: "Sinto falta disso, eu nunca mais dancei...".

Eu acrescentei, trêmulo:

— E depois, teve aquele dia em que eu confessei a ela que preferia os rapazes.

Era um domingo de primavera, a gente estava na sala, ela passava roupas, eu me espreguiçava no sofá e, de repente, escapou:

— Eu te falei do Léo, lembra? Na verdade, acho que estou apaixonado por ele.

Eu tinha pensado muito a respeito, evidentemente. Até chegar à conclusão de que o anúncio seria mais bem sucedido se eu contasse a ela uma história de amor. E não era uma história inventada: eu e Léo realmente flertávamos, alguns dias depois a gente passaria ao ato, os dois com dezesseis anos.

Ela parou de passar as roupas, o ferro suspenso no ar por alguns segundos, depois retomou o movimento como se nada tivesse acontecido. Só precisou desses poucos instantes, para, então, dizer:

— É bom, estar apaixonado.

Existiria uma réplica mais perfeita?

Tentando mesmo assim me certificar de que ela tinha absorvido o choque, lancei um olhar interrogativo. Ela respondeu de um modo inesperado:

— Você sabe, na loja, a gente está vendendo uma revista fora-de-série sobre James Dean, eu estava folheando por acaso outro dia, não sei bem por que, não é da minha época, talvez por causa da foto na capa, enfim, estava escrito que a mãe tinha orgulho dele por não ser como os outros meninos, e veja só que eu disse que, para mim, seria a mesma coisa.

Contive as lágrimas. Assim que ela terminou de passar as roupas, veio se sentar ao meu lado e murmurou:

— A gente não vai contar para o seu pai, é melhor que fique um segredo entre nós, eu acho.

E passou a mão nos meus cabelos para despenteá-los.

O ato de evocar essas lembranças, e outras, acabou por nos levar ao sono. Um mau sono, do qual fomos despertados pelo toque do telefone nas primeiras horas da manhã. Era Pierre Verdier.

O fugitivo acabava de ser capturado.

29

Os policiais prenderam o fugitivo ao amanhecer, num hangar na saída da cidade. Uma vizinha estranhou ao ver rompida a corrente velha e enferrujada que trancava a porta há anos. O local estava abandonado, e as pessoas viviam se perguntando por que nunca tinha sido demolido. Movida pela curiosidade, a vizinha empurrou a porta e notou o homem encolhido num canto, dormindo. Foi o sangue em suas roupas que deu o alarme. Ela voltou correndo para casa e procurou na internet a foto do sujeito que tinha matado a mulher na véspera, publicada num jornal da região, e concluiu que era ele, com certeza. Discou o 17 e uma brigada veio recolher o suspeito quinze minutos depois. O criminoso não ofereceu resistência. Existe uma foto dele algemado no momento da prisão, não sei quem tirou.

Ficou claro que ele não se rendeu. Poderia ter sido devorado pelo remorso e se entregado voluntariamente, mas não, preferiu se esconder. No mínimo, poderia ter admitido o caráter desesperado de sua fuga, pois não havia vantagem alguma em se meter num galpão de chapa metálica a menos de cinco quilômetros do local do crime. Nas ações de sua fuga, assim como nas de sua captura, havia algo de lamentável. Uma mediocridade.

Levado à sala do comandante, num primeiro momento ele fraquejou (foi o que nos contaram mais tarde), como um homem embriagado, ou *um mendigo* (eu não esqueceria essa comparação), e só voltou a si, abruptamente, quando pediram para ele se recompor. Finalmente começava a compreender que seria obrigado a responder por suas ações. Teria que nomear, descrever e, assim, assumir seus atos. Até então, em fuga, se contentava em ruminar, como fazem os covardes, na esperança de inventar para si mesmo justificativas ou, pelo menos, circunstâncias atenuantes. Mas o comandante não estava com paciência para choramingos e vitimizações. Uma mulher estava morta, era coisa séria, coisa extremamente grave, não tinha espaço ali para teatro.

Pierre Verdier manteve o foco no essencial:

— O senhor reconhece ter matado sua esposa na manhã de ontem?

Nosso pai de início se contentou em mover a cabeça em sinal de concordância. O policial ordenou que ele articulasse o pensamento, respondendo distintamente com uma palavra, uma frase. Ele queria a confissão em boa e devida forma. Nosso pai consentiu. O que mais ele podia fazer?

Verdier em seguida perguntou onde estava a arma do crime. O pai tinha se livrado dela. Ele se esquivou:

— Não me lembro...

Verdier insistiu:

— Esse tipo de detalhe não se esquece.

O acusado, na cadeira, se enervou:

— Eu já disse! Não me lembro!

(Quando essas palavras foram relatadas a mim, imaginei meu pai atirando a faca num meio-fio, ou na borda de um canteiro, ou num campo aberto, e que um dia, por acaso, alguém toparia com o objeto, talvez uma criança, e o sangue de minha mãe ainda estaria na lâmina.)

O comandante então pediu que o suspeito expusesse os motivos de seu gesto. Ele congelou e ficou ali mudo, o olhar no vazio (foi a expressão usada pelo comandante quando contou a cena), até erguer a cabeça e largar a toalha:

– Quero falar com um advogado.

Antes de acrescentar, um pouco depois:

– Ah, seria bom, também, trazer aqui os meus filhos.

Ele ainda estava no comando, e fazia exigências.

30

— Nosso pai quer ver a gente — eu disse a Léa, afastando o telefone do ouvido.

Não esqueci seu olhar, pleno de terror. Como se receasse que ele fizesse com ela o que fez com nossa mãe.

Um medo infundado, absurdo, mas e daí? O que importava era visualizar pela primeira vez a profundidade do trauma que tinha vivido.

Seu olhar era testemunha.

— Não, a gente não quer isso — respondi, ao telefone.

Estava subentendido, sem precisar dizer, que nós não faríamos nada um sem o outro, que nessa provação estaríamos sempre alinhados, solidários. Até porque eu também tinha aversão à ideia de ficar na presença do pai. Suas mãos tinham acabado com a vida de nossa mãe, com golpes que fizeram seu corpo tombar, mergulhado numa poça de sangue. Não havia cabimento em se curvar ao seu pedido. Não devíamos nada a ele.

(O que, de resto, era vertiginoso: de uma hora para outra, não sentíamos mais qualquer obrigação, não tínhamos mais que obedecer às suas ordens ou prestar contas. Nossa dívida — se considerarmos que ser criado por um pai implica num débito — estava anulada. Seu ato nos liberava, nos desligava dele como um bloco de gelo que se desprende de um *iceberg*, estávamos isentos, éramos donos de nossas decisões, nossas escolhas, pela primeira vez, quem sabe. Ou era o que parecia.)

No entanto, tenho que admitir que, por outro lado, era tentador ceder à sua demanda: nem que fosse para expressar cara a cara nossa condenação sem misericórdia, o repúdio vigoroso que ele agora merecia.

(Pois, naquele instante exato, todo o amor – e houve amor, é normal, por que negar? – se esvaía, dando lugar ao ressentimento, ao desgosto, ao nojo. O que a gente ainda ignorava era que o amor familiar não se apaga com uma passada de borracha: sempre fica um traço; eu voltarei a esse assunto.)

Verdier tentou nos chamar à razão:

– Eu compreendo sua posição, mas não vou esconder que nos ajudaria muito se mudassem de ideia. Parece que a vocês, e somente a vocês, ele poderia contar o que se passou, e esse relato seria extremamente útil na busca da verdade.

– A gente já sabe a verdade. Ele confessou. O que o mais o senhor quer?

Ele falava de circunstâncias, de horários, da arma, dos motivos, e eu não queria saber, eu só via, ali, agonia, horror sem fim, e o que a gente precisava mesmo era frear aquele mergulho no abismo. Então, confirmei nossa recusa.

Hábil, ele passou ao terreno dos sentimentos:

– Vocês podem adiar eternamente esse momento, mas vai ser fundamental passar por isso para dar início ao processo do luto.

(Essa fórmula surrada, medonha, espoucava antes do previsto. Ele tinha toda a razão, mas era cedo.)

Verdier então se mostrou ameaçador, anunciando uma faceta da sua personalidade até então desconhecida:

– Nós poderíamos intimar os dois para uma acareação, vocês sabem...

– Pode fazer o que julgar necessário – rebati, e desliguei.

Léa me encarou, e deixou escapar: "Você não chamou ele de *papai*...".

– O quê?

– Você não disse: papai quer ver a gente.

Ela acabava de tocar num ponto fundamental. Como a gente iria chamar *aquela pessoa* a partir de agora? Como ele deveria ser designado?

Na beirada da cama, passei o braço em torno de Léa. Ela tremia.

31

Naquela manhã começava, portanto, *o primeiro dia do resto de nossas vidas* (um outro clichê, rigorosa e tragicamente exato). O céu estava leitoso. Uma chuva era prevista para o meio da tarde.

A gente se preparava para permanecer na perplexidade e na tristeza quando a realidade emergiu, prosaica, direta, na forma de uma porta trancada na nossa cara.

Ingenuamente, pensávamos que, com o corpo de nossa mãe no necrotério, o acesso à casa seria de novo aberto.

Era exatamente o contrário: a casa estava lacrada.

Pierre Verdier já tinha mencionado essa perspectiva quando nos encontramos pela primeira vez, mas eu não tinha prestado atenção. Concentrado nos fatos que acabavam de acontecer, devo ter pensado que os lacres eram só para a cozinha, *local do crime*, e mesmo assim temporariamente. Agora, descobria que a gente não tinha direito de entrar na nossa própria casa. E para não restar nenhuma dúvida, um policial postado diante do jardim sinalizava a proibição num tom que não dava margem a conversas, nem mesmo a uma réplica.

Assim estávamos, os três, Léa, vovô e eu, impotentes, indefesos, sem recursos, diante do portal da nossa infância, de repente inacessível. Não bastava ter perdido o ser que mais amávamos no mundo, ainda tínhamos que ser despojados de tudo e jogados na rua. Mas vamos ser claros: não era só nosso lar que era confiscado, mas também nossa vida, nossas lembranças – as leis se apoderavam daquilo que tinha sido o nosso cotidiano desde sempre, como se até a infância tivesse que ser, súbito, apagada. Em resumo, estávamos sendo privados de nossos bens pessoais, nossas roupas. O que a gente ainda ignorava era que essa dolorosa e aberrante expropriação iria durar longos meses.

Vovô foi pragmático:

– Vamos para o Leclerc.

A frase deixou a gente um pouco chocado, ela não combinava com a desolação daquele momento, com aquela usurpação grotesca, mas era um comando marcado pelo bom senso. Então, entramos no carro de vovô e tocamos para o centro comercial. Ainda vejo nós três empurrando carrinhos de compras pelos corredores desertos, ao som dos anúncios nos alto-falantes, redescobrindo bens elementares, procurando camisetas, blusões, jeans, cuecas, calcinhas, creme de barbear, xampus, gel de banho, escovas de dente, as coisas da vida cotidiana, a fim de que a vida pudesse voltar a significar algo.

Ele pagou tudo. A gente era incapaz de desembolsar qualquer quantia. Léa não tinha conta no banco, e a minha estava no vermelho. O que a gente teria feito sem ele?

Nada.

E foi ele, quando estávamos no estacionamento enchendo o porta-malas de compras, que se lembrou de algo óbvio: ainda teríamos que cuidar do funeral.

Argumentei que não dava para marcar uma data antes que o médico-legista desse o sinal verde. Ele respondeu, sem hesitar, que isso não impedia que a gente já fosse à funerária escolher o caixão e começar a organizar a cerimônia. Fiquei atônito com a objeção. Ele me confessaria, muito tempo depois, que ali teve a impressão de que eu estivesse em negação. Com a morte, negar não servia para nada. A morte lançava os dados e a gente era obrigado a jogar.

Quinze minutos depois o carro estacionava na *Rue du Repos* (sim, era esse o nome, Rua do Repouso). Uma mulher sem idade, quase sem rosto – sem expressão, em todo caso – nos recebeu e pediu que a gente se sentasse. No seu escritório de tons incrivelmente neutros, o espaço parecia ter sido todo concebido para tranquilizar os clientes, mas, também, para não desviar a atenção.

Ela mostrou o catálogo com todos os caixões disponíveis, os parisienses com sua forma chata, os lioneses com seu corte retilíneo, as "tumbas" com suas tampas altas. Desejaríamos de carvalho maciço?, ou de bordo, com um acabamento acetinado, uma cobertura moldada?, tampos arqueados?, uma espessura reforçada?, braços de latão? Tudo era possível, era só pedir.

Minha cabeça girava. Mesmo meus piores sonhos pareciam agora menos nauseantes. A gente estava realmente tendo essa conversa? Eu só desejava me levantar e sair dali. Como estar pronto?

No fim, deixamos ele decidir. De novo, era ele quem pagava tudo.

Mas Léa opinou:

– Tem que ser simples. Mamãe não gostava de coisas chamativas.

Quando saímos, o céu continuava leitoso, e decidimos, naturalmente, seguir para a igreja. Era preciso encontrar o padre para combinar com ele os detalhes da cerimônia.

Nossa mãe não era religiosa, como nós também não, mas era o que deveria ser feito. No caminho, o silêncio pesava. Falar de quê? Importava ser rápido, eficaz. No fundo, isso ajudava. As providências funcionavam como distrações bem-vindas que nos tiravam, por algumas horas, da prostração.

O padre não reconheceu a gente, o que era normal, ele era novo na paróquia, e, de toda forma, nossa família nunca ia à missa. Assim, ele não ligou nossas figuras à notícia trágica que alimentava as discussões desde a véspera. Ele viu dois jovens órfãos e manifestou uma compaixão que pareceu sincera, autêntica, íntegra. A gente se deu conta de que ele era o primeiro desconhecido a manifestar alguma simpatia. Os policiais, ocupados com suas investigações, eram gentis, mas nada além disso. A Sra. Bergeon não conseguia se expressar, seu rosto contrito falava por ela e resumia tudo. No restaurante, os funcionários olhavam à distância, cochichando. Ali, por outro lado, um homem manifestava empatia, bondade. Era seu ofício, você com certeza diria. Mas ele era bom nisso. Mas, sem querer, cometeu uma indiscrição. Ao notar a ausência de um viúvo, indagou:

– E o pai de vocês? Não está mais entre nós?

Olhamos, desamparados. Vovô tomou a palavra:

– O senhor talvez tenha ouvido falar do assassinato de ontem...

Ele não ousaria enunciar os fatos em sua brutalidade, *o pai matou a mãe deles*, sem dúvida para nos poupar da sonoridade de uma frase assim. Sem dúvida, também porque ele não seria capaz de dizer *as palavras*. O padre ficou pálido e pôs a mão no meu ombro, sem apoiar. Sua batina tinha cheiro de detergente e um perfume químico de lilás.

Lá fora, ficamos alguns minutos no átrio da igreja, como se essa pausa fosse necessária para retomar nosso fôlego normal. Evitamos olhar a cortina puxada da tabacaria. Depois, vovô, elevando a vista, conjecturou:

— Vamos acabar pegando chuva.

Era a senha para bater em retirada para seu hotel. No hall, a gente se espalhou pelos sofás, onde revistas não muito recentes se ofereciam sobre uma mesa de vidro crivado de marcas de dedos. Eu contava com a ideia de que tínhamos concluído aquela etapa quando nosso avô nos fez notar que era preciso, ainda, cuidar das contas, porque o tempo não para e tem suas urgências, como a papelada do banco ou do seguro. Pois a morte nos obriga a retificar tudo, ou, em outras palavras, a fechar o balanço. Léa pediu esclarecimentos:

— A gente vai chamar essas pessoas para dizer a elas que mamãe morreu e que eles têm que tirar o nome dela de tudo?

Era inútil se alongar

— A gente vai mandar cartas — murmurei, petrificado. Nesse momento, uma mulher atravessou o *hall* do hotel, tinha a idade de nossa mãe.

Então, diante do turbilhão que guiava nossas vidas desde o amanhecer e que trazia também essas coisas que pareciam fúteis, mas eram necessárias, pensei que nenhuma jovem de treze anos, ou nenhuma pessoa de dezenove anos, estava preparada, ou cogitava ser assim arrastada pelos fatos.

32

O telefone tocou: era, de novo, Pierre Verdier, pedindo para se encontrar com a gente, tomando o cuidado de esclarecer que não era uma *intimação* (será que se arrependia do tom que tinha usado mais cedo?). Trazia novidades, e o melhor a fazer seria voltar à delegacia.

Ao entrar na sala, percebemos seu ar preocupado. Começou dizendo que, enquanto esperava a chegada do advogado, nosso pai *não estava cooperando*. Esperava que ele ficasse mais falante assim que seu defensor chegasse. Era um advogado de Bordeaux, e Verdier não tinha a menor ideia sobre de onde nosso pai tinha desenterrado ele, ou mesmo se conhecia o sujeito, mas tinha que se ater às regras, ao procedimento.

Verdier aproveitou para sugerir que a gente também arranjasse um advogado. Devíamos nos apresentar como parte civil no processo.

Deixei claro meu espanto:

— Nem pensamos nisso... — mas ele foi bastante explícito:

— Se eu fosse vocês, não perderia tempo.

Mantive minha objeção:

— A gente não tem dinheiro para isso! Como se contrata um advogado sem dinheiro?

Meu avô, que estava com a gente, acabou com o drama:
— Eu pago.
Tudo era novo. Insano. Assombroso. Léa mostrava seus olhos vazios. Como se àquela altura já não estivesse ali.
— E como estamos nas considerações jurídicas...
Escutamos distraidamente seu preâmbulo, mas a parte principal chamou nossa atenção.
— Embora seu indiciamento e sua detenção sejam incontestáveis, o pai de vocês ainda mantém todos os seus direitos de pai. Mesmo de dentro da cela ele poderá seguir tomando decisões, principalmente no que se refere a você, Léa, que é menor de idade. Ele terá a palavra final na sua orientação escolar, ou em cirurgias, caso você tenha que se submeter a uma, ou nas viagens que você fizer. Ele poderá até exigir visitas suas à prisão. Você terá que dizer se essa situação convém ou se, ao contrário, você prefere que outra pessoa, no lugar dele, se torne o seu responsável legal. Em todo caso, vai ser preciso falar disso com ele o mais rápido possível. Por esse motivo, aconselho que vocês se encontrem com seu pai. Ele pode estar mais inclinado, hoje, a aceitar os pedidos de vocês, ansioso, no calor do momento, para ser perdoado. Amanhã, talvez, isso não seja mais uma opção.

Eu estava perplexo. Era um tipo de pergunta (mais uma) que eu jamais cogitaria, mas, uma vez formulada, o simples bom senso indicava que meu pai deveria ser, quase automaticamente, privado dos seus direitos. Como imaginar que um marido violento, com um assassinato nas costas, não seja também um pai perigoso ou, no mínimo, inapto? Como conceber que um homem prestes a passar décadas atrás das grades possa decidir à distância o destino de sua prole, do mesmo modo que um controle remoto aciona, sei lá, uma porta de garagem? Como a justiça podia tolerar, e até favorecer, uma anomalia, uma monstruosidade desse quilate? Nosso pai deveria ser impedido de fazer mal, de nos fazer mal, ou, pelo menos, ser mantido longe de nós. E saber que seria preciso passar por uma negociação com ele me dava ânsias de vômito.

Cismei também com a ideia de que ele estivesse *ansioso para ser perdoado*, achando que Verdier cometia aí uma gafe. Ele sabia perfeitamente que um ato daqueles era, de todo, imperdoável. Ao mesmo tempo eu tinha que reconhecer sua habilidade: Verdier acabava de nos obrigar a confrontar nosso pai.

– Eu gostaria de ser o tutor de Léa, se isso for possível. E se ela concordar – propus.

Léa virou o rosto e esboçou um sorriso, mas antes que ela respondesse, o comandante interveio:

– Se você me permitir, sugiro que optem, em vez disso, pelo avô de vocês. É um adulto que formou família, que tem uma renda, um patrimônio, e que, acima de tudo, vem a ser o pai da vítima. É a solução óbvia.

Ele tinha toda a razão. Olhamos para nosso avô, que timidamente, com um gesto da cabeça, fez que sim.

Em menos de um minuto, encerrávamos um capítulo vital.

33

— Mas eu não fiz vocês virem aqui por isso — admitiu Verdier, assumindo um ar envergonhado.

Qual seria a próxima bomba a estourar sobre nossas cabeças? Acho até que enterrei o pescoço nos ombros, num reflexo de proteção. Era uma porrada atrás da outra, nas últimas vinte e quatro horas, e tudo indicava que não teríamos trégua.

— Encontramos em nossos arquivos uma queixa prestada por sua mãe ano passado.

Na realidade — como a gente descobriria mais tarde —, um subtenente tinha batido à porta do comandante naquela manhã mesmo, por iniciativa própria, para confessar, entre lamentos, que, ao reconhecer a vítima, lembrou-se de ter recebido a denúncia. Nossa mãe tinha dado as caras, aflita, numa noite em que o funcionário estava de plantão, para prestar queixa do marido, que, mais de uma vez, tinha se mostrado violento antes de sair para encher a cara num bar na cidade. Ela se dizia "esgotada". O subtenente escutou o relato, embora — como ele mesmo reconhecia agora — não tenha dado muita importância àquelas reclamações.

— Os casos como o dela são trazidos praticamente todas as semanas, o senhor compreende — disse ao chefe, para se justificar. – E a mulher nem estava ferida, pelo menos nada que fosse aparente.

Ou seja, ele calculou que não havia um perigo imediato. Mesmo assim, diante da insistência da requerente, registrou sua comunicação (era o mínimo que podia fazer), para que pudesse ficar documentada, mas com o objetivo de não dar seguimento nenhum ao caso.

A peça foi arquivada sem ser lida por ninguém.

Diante de nós, Pierre Verdier, ansioso por mascarar a negligência de seu subordinado e defender suas tropas, tentou explicar o inexplicável.

– Tudo considerado, a queixa é um tanto vaga. Por exemplo, a mãe de vocês diz ter recebido golpes, mas em momento algum entra em detalhes.

Ou seja, era ela a culpada. Culpada de não ter sido bastante explícita, de não estar coberta de feridas e de hematomas. Já o policial não poderia ser culpado por não ouvir de fato *o que ela dizia*, por transcrever burocraticamente o seu drama, ou por ter faltado a ele a psicologia mais elementar.

– De toda forma, é muito difícil avaliar o perigo – despistou Verdier. – Ainda mais que nossos homens – e eu digo isso com pesar – não são formados para esse tipo de... situação, como vocês devem saber.

Diante de nossas expressões assombradas, derrotadas, de nossa raiva contida, ele julgou útil sacar o que devia ser o argumento decisivo:

– A polícia civil, assim como a militar, tem poucos recursos, isso não é novidade para vocês. Eu mesmo não tenho efetivos suficientes. Eu luto por reforços, mas o que vocês querem? Não estamos num subúrbio de alto risco. Ou seja, não podemos, infelizmente, investigar todos os casos. Ou melhor, investigar tudo da maneira mais correta. Há, necessariamente, coisas que deixamos passar.

O grito de alarme de minha mãe era, então, uma dessas coisas que se deixa passar. Eu disse:

— Uma mulher agredida é menos importante que um cão perdido ou um carro amassado, é isso?

Mesmo irritado com o comentário, ele achou mais prudente dar uma explanação, tão detalhada quanto infeliz, do seu ofício.

— Por favor, compreendam. Um policial militar é formado para enfrentar perturbações na ordem pública e, a seu ver, isso pressupõe agitação urbana, tumultos, várias vítimas. Ele pensa: uma briga de casal não entra nesse âmbito. E como ele sabe que esses casos são em geral arquivados sem investigação, evita dar sequência, porque, de certa forma, seria trabalhar por nada. Eu não estou dizendo que ele está certo. O que estou tentando é mostrar como funcionam as coisas para ele. Além disso, é *um homem*. Muitas vezes, um homem não sabe dialogar com uma mulher. Ele é um tipo ordinário que considera que histórias de amor só interessam aos envolvidos, que a gente não deve se meter, mesmo quando as histórias acabam mal... Os problemas dessa natureza são resolvidos na intimidade.

Cada uma dessas justificativas era uma martelada a mais no curso de nossa crucificação.

Foi Léa quem replicou, da forma mais ingênua e, por isso mesmo, mais cruel:

— Isso quer dizer que ela talvez não estivesse morta se vocês tivessem feito seu trabalho?

No foro íntimo, a gente intuía que as coisas não eram tão simples, tão binárias, mas minha irmã acabava de dar testemunho muito melhor do que eu e vovô seríamos capazes, da fúria de nossa incompreensão.

– Não posso deixar vocês dizerem isso – reagiu Verdier. – Não posso deixar vocês dizerem isso.

A repetição do protesto soava, se não como uma confissão, ao menos como uma forma de admitir que ele e seus homens não tinham cumprido o seu dever.

(Para acalmar nossa indignação, vovô diria depois, no carro: "Pelo menos ele teve que se expor. Poderia ter ficado quieto". Isso queria dizer que ele foi honesto? Ou tomava a dianteira, sabendo que, um dia, a omissão seria revelada?)

Então, na sala do comandante, fechei os olhos e imaginei minha mãe desamparada, perdida, entrando naquele posto de polícia um ano antes.

Imaginei a coragem que ela teve que buscar em si, ou o desespero, ou o medo de passar pela porta, pedir ajuda, contar com as forças da ordem para interromper seu calvário.

Abatida e infeliz, com um pedaço de papel insignificante na mão, enviada de volta ao covil do seu carrasco.

Comecei a soluçar. Eram soluços autônomos, violentos e curtos, como os de uma criança quando cai e se machuca.

Enquanto me oferecia uma caixa de lenços, estrategicamente retirada de uma gaveta, Pierre Verdier se mostrou solícito:

– A propósito, vocês sabem que, a qualquer momento, podem pedir um acompanhamento psicológico.

(Arrepiante, esse *a propósito*. Cortante, sua desenvoltura. Fazia daquilo um inciso, um detalhe secundário, quando ele deveria ser, quem sabe, uma prioridade.)

No momento eu me perguntei se sua proposta não tinha o objetivo de compensar o erro profissional de suas tropas. Na realidade, ele só aplicava o manual do bom policial. No caso de traumas violentos, sobretudo entre as populações jovens, eram oferecidos os serviços de um psicólogo. Quando os ônibus escolares tombavam, quando trens descarrilhavam, quando loucos à solta começavam a esfaquear desconhecidos ao acaso, quando usinas explodiam, quando enchentes arrastavam tudo o que encontravam pela frente, eles lançavam mão das famosas equipes de psicólogos para irem ajudar as vítimas ou até as testemunhas.

– Obrigado. A gente se vira sozinho – repliquei, sem me dar ao trabalho de consultar Léa.

Quando penso sobre isso, minha recusa súbita, impensada, não passava de uma resposta pueril, idiota, à negligência sem nome que eles haviam cometido.

Naquele instante, eu não queria me envolver com pessoas que haviam falhado tão gravemente e que, claramente, nada entendiam do sofrimento dos outros. Além disso, eu estava convencido de que saberíamos encontrar em nós mesmos os recursos para curar a estocada.

("A gente pode parecer sensível demais agora, mas somos fortes, sólidos, antes de tudo", repetiria nossa tia, sem parar.)

Eu estava redondamente enganado. Isso, também, descobri mais tarde. Tarde demais.

Verdier, em todo caso, pareceu aliviado. Visivelmente, ele ignorava como levar a cabo aquela proposta. Na melhor das hipóteses, iria incumbir uma enfermeira da tarefa. Na pior, ele alegaria *falta de recursos*.

34

De repente começou a chover forte, muito forte, sobre as telhas, e curiosamente recebi essa chuva torrencial como uma bênção. Ela trazia uma calma paradoxal, agia como se fosse um bálsamo. Mas o comandante rapidamente anulou minhas esperanças:

– Seu pai está esperando vocês.

Decididamente, a gente não teria trégua. Sem tempo nem para chorar, estourávamos nossos calcanhares numa corrida de obstáculos impiedosa. Nenhum momento no vazio, nenhuma folga nos arreios, nenhum acesso ao intelecto, nenhum espaço para refletir, raciocinar, fazer suposições. Tudo era um mar de suplícios acumulados. Uma chaga aberta, uma hemorragia.

– Agora seria um bom momento. Acabam de me informar que o advogado dele está a caminho – insistiu Verdier depois de atender uma ligação.

Consultei Léa e, por fim, aceitamos.

Com uma precaução exagerada, entramos numa sala ainda mais sombria que devia servir para interrogatórios e nos sentamos com recato, intimidados, à espera de que trouxessem *ele*. No fundo, eu pensava: odeio esse homem desde já, esse homem que tirou a vida de nossa mãe, e que, antes disso, fez com que ela atravessasse um inferno, porque tudo deveria girar em torno dele, porque seus desejos deveriam vir antes dos dela, porque seu ciúme era inclemente. Naquela estranha e silenciosa espera, segui a linha do tempo até me dar conta de que aquele ódio vinha de mais longe. Não era propriamente ódio, era uma animosidade, uma distância, uma incompreensão. Mesmo assim, sentimentos atípicos entre pai e filho.

Será que, na minha primeira infância, ele foi pai? brincou comigo? fez, alguma vez, meu almoço? soube, algum dia, o que eu comia de manhã? ajudou a me vestir? me levou à escola? De nada disso eu tinha qualquer memória. Aos oito anos, quando pedi para ter aulas de dança, ele me apoiou? Não, ao contrário, ele me inibiu, gargalhou na minha cara. Quando passei no concurso, ele me felicitou? Não, ele saiu dizendo para Deus e o mundo que preferia um filho que jogasse futebol. E quando eu já vivia em Paris, ele sentiu minha falta? Não. Que eu estivesse a centenas de quilômetros não era problema nenhum, ou, melhor dizendo, era um problema a menos, um obstáculo a menos para ele agir sem freio (passava, ali, a ser o único homem da casa; era, aliás, atroz me dar conta disso assim, de repente). Em resumo, éramos quase estrangeiros um para o outro, e nunca tocar nesse assunto só facilitava esse *status*.

Quando veio até nós, notei seu olhar. Um olhar de cão surrado, um olho murcho que tentava dizer "perdão". Logo me lembrei do que Léa tinha contado: depois de cada bofetada desferida contra nossa mãe, ele se desculpava. Devia ser esse o olhar que lançava, falso, fabricado, insincero. Isso nutriu minha crescente hostilidade.

Para Léa, no entanto – pude pressentir isso naquele momento, e progressivamente, com o passar dos anos –, as coisas eram infinitamente mais complicadas. Pouco antes do *ato*, aquele era ainda seu pai, no dia a dia, por quem sentia afeição, afeição que ele também demonstrava, inclusive com mimos e presentes. Claro que seus acessos de violência perturbavam Léa e a mantinham num tipo de alerta permanente, mas ele sabia fazer com que a filha acreditasse que não era nada demais, eram simplesmente discussões de gente grande, como acontece com todos os casais, e ela sucumbia, reconquistada. Que ele tenha virado, numa fração de segundo, uma besta, autor de um ato sem volta, embaralhava todas as suas referências. Ela estava brava com ele, doente de raiva, mas ao mesmo tempo não era tão fácil jogar no rio tudo o que tinha unido os dois, e ainda unia. No fim, essa ambivalência iria provocar sua própria derrocada.

Assim que ele se instalou, estendeu os braços na nossa direção, clamando por nossas mãos, por agarrá-las, tocá-las, mas a gente não se moveu, manteve a posição, nossos braços cruzados, como já estavam, mesmo que Léa tenha mostrado alguma hesitação.

Ficamos pouco tempo com ele, o advogado estava para chegar a qualquer momento. O que importava para mim era arrancar da criatura a autorização para passar a guarda de Léa ao nosso avô. Verdier tinha sido profético: de fato, ele logo cedeu, pois não se sentiu autorizado a recusar. Mas, antes disso, encontrou tempo para dizer que não queria *aquilo*, que as coisas degringolaram, saíram do seu controle, ele não sabia mais o que estava fazendo, e que tudo aquilo era, em suma, um "terrível acidente".

Um terrível acidente: dezessete facadas.

Também confirmou que nossa mãe tinha a intenção de sair de vez de casa, e que ele ficou louco com essa hipótese. Ou seja, a culpa era dela.

Eu me levantei e levei Léa comigo.

35

Dois dias depois nós tivemos, enfim, a chance de ver nossa mãe. Estava à nossa espera, na funerária, estirada no caixão.

Foi preciso, antes de tudo, passar por uma porta. Num nicho havia uma cartela mostrando a identidade da morta. "Então é assim que a vida se encerra", pensei, "com um nome na porta de uma loja de pompas fúnebres". Com certeza outro nome tinha sido afixado na véspera e um terceiro seria afixado amanhã.

A sala era estreita, mergulhada numa semiobscuridade. Nas paredes havia painéis com paisagens marítimas, sem dúvida por suas virtudes apaziguadoras. Em volta da sala, nas laterais, cadeiras de plástico se alinhavam para que cada um pudesse se recolher, velar o defunto; como um salão de baile de outrora, mas sem dançarinos. No centro, o caixão; ninguém dançaria.

Os embalsamadores tinham feito um belo trabalho: se o rosto tinha uma coloração de cera, nossa mãe mesmo assim ostentava um ar tranquilo (eu não tinha tido tempo de notar isso no necrotério, a visão tinha sido breve demais, e tratava-se apenas de reconhecer, não de descrever, a morta).

Isso me trouxe um pouco de serenidade. Pois eu tinha medo de distinguir em seus traços o pânico, o sofrimento que marcaram seus últimos instantes. A maquiagem fazia milagres? Ou ela tinha encontrado na morte um tipo de libertação?

Usava uma blusa em tons pálidos, que dissimulavam os golpes que rasgaram seu peito, seu abdômen, seus braços e mesmo seu pescoço, de forma que ninguém poderia supor a deflagração da violência nem os estragos da autópsia. Não sei de onde vinha aquela blusa. Pensei em perguntar, mas logo desisti.

Percebi que Léa se demorava no exame daquela roupa, com o mesmo olhar vazio que vinha me inquietando.

Eu antes tinha escolhido imaginar que aquela cegueira intermitente era voluntária, que ela buscava um alheamento do mundo real, para se proteger, mas agora começava a temer que fosse outra coisa, sem ainda procurar saber qual.

A gente se sentou lado a lado. No silêncio, persegui memórias com o objetivo único de escapar do horror do instante, mas nenhuma memória veio. Pensando bem, não é totalmente verdade: imagens surgiam e se apagavam, como se virassem vapor. A imagem do cadáver se sobrepunha a todas as outras.

Pessoas desfilaram pela sala, parentes, amigos e até o prefeito (mas não a avó paterna, a quem a gente tinha pedido que não viesse; talvez não fosse justo, mas foi assim). Todos cumprimentaram a gente. O que me chocou não foi tanto a simpatia ou a tristeza, mas a impotência que aquelas faces exibiam. Não sabiam (e era compreensível) como se comportar com a gente. Para aliviar suas consciências, oferecíamos sorrisos protocolares.

O silêncio pesava, em contraponto com o roçar de tecidos enrugados, impressões trocadas entre murmúrios, dores reprimidas. Às vezes, o gemido de uma cadeira sobre o assoalho se destacava.

Depois de um tempo, um homem veio perguntar se podia proceder ao fechamento do caixão (provavelmente precisavam liberar a sala e depois, em no máximo cinco minutos, acabar com as homenagens). Se a gente quisesse dizer adeus à nossa mãe, era *agora*. Léa se levantou primeiro, foi até lá e tocou a testa da morta. Surpreendente, ela se virou para mim e disse:

– É duro, parece feito de pedra.

Não encontrei nada para dizer.

Quando nos afastamos, pouco antes que a tampa fosse fechada e selada, não pude deixar de pensar: é a última vez que vemos seu corpo, não vai acontecer de novo, claro que teremos as fotografias, e as lembranças vão acabar vindo à tona, mas não vai ser a mesma coisa, não sem a sua presença, nunca mais. Supus que todo mundo deve pensar a mesma coisa naquele instante preciso, mas isso de forma alguma me consolou. A mão de Léa apertava a minha.

Sobre a tampa, descobrimos uma placa mencionando seu sobrenome seguido do nome, o ano de seu nascimento e o de sua morte. Como se a gente pudesse resumir as pessoas a isso, duas palavras, dois números. Como se coubessem na plaquinha os sorrisos, as esperanças, os abraços, as danças, o medo e a desilusão.

36

Não guardei muitas lembranças da cerimônia. E quase nada do sermão do padre que, segundo me disseram, foi comovente e sóbrio.

Nem eu nem Léa tomamos a palavra, mesmo que tenham nos sugerido que seria um bom momento para prestar homenagens à mãe, botar para fora o que estava em nossos corações e começar a deixar a falecida partir, mas consideramos que essa tarefa estava além das nossas forças; ou talvez a gente preferisse guardar tudo para nós mesmos. Falar dela seria uma perda ainda maior do que ainda restava na gente.

Foi então que nosso avô tomou a frente e pronunciou o elogio fúnebre. Revejo sua rigidez, sua dignidade, seus esforços para não fraquejar, ainda escuto sua voz que, apesar disso, se quebra no meio de uma frase qualquer, antes que ele se recomponha e prossiga, e ouço ainda sua respiração curta.

Durante todo esse tempo mantive os olhos fixos na foto que jazia sobre o caixão. Ela tinha sido feita na praia de Arcachon, dois anos antes. Por causa do vento daquele dia, os cabelos de minha mãe estavam caídos, emaranhados, sobre sua face direita. Ela sorria. A gente podia adivinhar, ao fundo, desfocados, turistas estendidos na areia e um papagaio empinado por um adolescente de braço esticado. Eu me agarrei à despreocupação impressa naquele instante. Mesmo sabendo que era enganosa, eu precisava acreditar nela.

Léa, por sua vez, contemplava os vitrais. O que via ali? Os anjos ou os reflexos? Ou nada?

No fim do ofício, raios de sol penetraram e se espalharam pelo revestimento frio, e quatro homens surgiram de um canto para erguer o caixão, com uma mistura de vigor e de delicadeza, antes de levá-lo.

Quando a gente se levantou para seguir o percurso foi que eu realmente percebi a dimensão da audiência (ao entrar, eu estava chapado, não tinha prestado atenção). Era uma horda de pessoas amistosas, a maior parte desconhecida, que vinha demonstrar sua compaixão. Aliás, suas fisionomias acabavam se confundindo numa mesma expressão coletiva. Acho que seu número dizia muito sobre seu estupor: o que tinha acontecido não se parecia com elas, não se parecia com a cidade delas, nossa cidade, e era verdade, Blanquefort era um lugar tranquilo, essas pessoas se perguntavam por que diabos uma calamidade semelhante teria se abatido sobre um lugar assim, não havia resposta para isso, e perguntar era em vão.

Subimos a aleia atrás do caixão enquanto, na igreja, soava "*Evidemment*", a canção de France Gall. Léa tinha tomado providências para garantir que ela fosse tocada, pois *mamãe gostava muito*.

A letra dizia: "Existe como que um gosto amargo na gente/um gosto de poeira presente/a ira que nos segue sempre".

Dizia, também: "A gente ainda ri/por bobagem/como o guri/mas não como antes".

Essas palavras, que eu tinha esquecido, bateram em mim com uma dor inaudita.

Do sepultamento, pouco me lembro. Como se um outro, que não eu, estivesse ali, no meio das tumbas, num turbilhão de folhas caídas; era um jovem que se parecia comigo, mas que não era eu, era só um corpo, uma carcaça. Parece que esse gênero de despersonalização é comum, um meio de autoproteção. Por outro lado, ficou em minha memória o perfume das flores em profusão, lírios, e seu aroma, que me deixou tonto.

Mamãe foi enterrada bem ao lado de sua mãe. Nosso avô tinha comprado aquele lote para ele próprio vinte e cinco anos antes, quando tinha perdido sua mulher. Agora a tumba era ocupada pela filha, ele deu para ela. Ele reunia, assim, na mesma cova, as duas mulheres de sua vida. Era ao mesmo tempo sinistro e magnífico.

Então a multidão se dispersou num silêncio lento. Ficamos os três diante da cova aberta e do caixão coberto por alguns punhados de terra. Não senti nenhum alívio. Ao contrário, tive a plena consciência de que, naqueles primeiros avisos de outono, o crepúsculo estava só começando.

37

Apesar de tudo, vovô logo encontrou uma forma de a vida, aparentemente, seguir seu rumo, como antes.

Ele já tinha cuidado de perguntar a Léa sobre suas aspirações: se queria fugir de uma vez do local do drama, começar uma nova existência longe dali (era só procurar uma habitação para os dois), ou preferia continuar lá onde ela tinha nascido, onde foi criada e cresceu.

Como resposta, ela disse que abandonar suas amigas seria uma ruptura violenta, não se sentia capaz disso, precisava ter com quem contar por perto, com pontos de referência para se agarrar. Vovô então concluiu que era necessário procurar um novo domicílio em Blanquefort, e foi o que fez. Em poucos dias, descolou um apartamento mobiliado não muito caro, funcional, a poucos passos do lago, um três-quartos-sala, para eles e para mim, quando eu viesse no fim de semana. Um tempo mais tarde, colocaria à venda, sem nos dizer, sua casa de Bergerac, para financiar toda essa empreitada (abrigar a gente, em todos os sentidos do termo). A um velho amigo, ele confidenciaria:

— Eu era apegado a essa minha casinha, com certeza, mas muito menos que aos meus netos. Há momentos na vida em que um homem sabe o que deve fazer.

Mesmo assim, um teto não era suficiente. Apesar de suas imensas qualidades, apesar de sua generosidade, sua devoção, nosso avô não era nossa mãe e não tinha como ser seu substituto, e eu muito menos seria capaz de, nessas condições, representar esse papel.

Nem ele nem eu bastaríamos para acolher Léa e oferecer a ela um lar que, mesmo renovado, fosse minimamente seguro.

Pois era disso que ela precisava, de segurança. E de um afeto sem limites. Da minha parte, em todo caso, eu estava convencido do que fazer.

Assim, pedi demissão.

Tentaram gentilmente me dissuadir de deixar a Ópera (primeiro, meu avô): eu tinha trabalhado tanto para chegar lá, conquistado o que tantos tentaram em vão, ocupava um lugar invejado por muitos, e eu ainda era jovem, se continuasse a jornada com dedicação acabaria sendo nomeado primeiro bailarino.

Rememorei as horas, os dias, os meses, os anos que passei a esculpir meu corpo, dando a ele leveza, talvez graça, a repetir os mesmos gestos, os mesmos movimentos, os mesmos passos, a falhar, a me ferir até sangrar, a recomeçar, cair e me levantar, a dançar no meio dos outros sonhando sobressair.

E apaguei tudo como com uma borracha mágica.

Garantiam, agora, que eu tinha talento, e me dei conta de que, na escola, depois no meio do balé, nunca me disseram isso. E que eu adoraria, sem dúvida, ouvir essas palavras. Felizmente minha mãe, ela, as repetia. Era seu jeito de me confessar que me amava.

Eu renunciava às minhas ambições, cravava uma cruz nos meus sonhos de infância, repelia minha história de vida. As pessoas me alertaram para isso, e eu provavelmente também tomei consciência. Sim, um dia houve um moleque, atravessado por uma quimera, impelido por uma tonta esperança, que conseguiu superar o escárnio, as cusparadas, sobreviveu ao desânimo, à fadiga; precisamente graças a essa maldita esperança, ele cresceu, esse moleque, fez seu voo solo, e agora fechava as asas, voltava ao bando.

Acrescentaram que eu teria que superar um difícil teste, o de me reconstruir, e para isso, o que de melhor haveria que uma tropa, um time, um ofício, uma paixão? Concordava com essa análise, mas não tinha escolha. De que vale ficar especulando quando a gente não tem escolha?

Não esqueci da visão de meu estúdio parisiense esvaziado de todos os traços de mim, a última visão de uma claraboia aberta ao céu de Paris, a porta que se fecha pela última vez, as pobres caixas de papelão empilhadas numa caminhonete alugada. A volta a Gironde consumiu sete horas. Não tão distante para um adeus.

Arrumei um emprego numa escola de dança em Bordeaux. Apesar de jovem, me confiaram a tarefa de formar os pequenos, aqueles que com seis ou oito anos desembarcavam no solo como eu mesmo, pouco mais de uma década antes. No primeiro dia de aula, quando vi a meninada nas pontas dos pés, fiquei com os olhos molhados.

Eu jamais seria Billy Elliot.

38

Certa manhã, pouco tempo depois da minha volta – quando, no novo apartamento, a gente tentava juntar os cacos da devastação –, notei, ao sair de casa, um amigo dos meus pais parado em frente ao prédio, do outro lado da calçada. Eu não conhecia de verdade o sujeito. A gente não sabe realmente quem são os amigos dos nossos pais, é o tipo de coisa que em geral não interessa aos filhos. Cumprimentei o homem de longe e ele me respondeu com um breve gesto. Caminhando na direção do parque me lembrei dele no enterro, aparentemente emocionado. Acelerei os passos e apaguei a lembrança: eu tinha decidido, recentemente, voltar a correr, o *jogging* me faria bem, serviria para esvaziar a cabeça e esgotar o corpo.

Acontece que, no dia seguinte, percebi que esse amigo, Patrick! – o nome, de repente, voltou à memória –, continuava plantado em frente ao nosso prédio (ele me contaria, mais tarde, que interrogou pessoas aleatórias para obter o novo endereço, espantando-se de *como o mundo é pequeno!*).

Tive certeza de que sua presença não era fortuita quando atravessei a rua e a expressão de Patrick mudou. Eram claros seu constrangimento e sua necessidade de se explicar. Realmente, ele não estava ali por acaso.

Mesmo assim, mentiu, fingindo que morava na vizinhança, mas acabou tendo que admitir: tinha algo para me confessar, uma coisa que *pesava* nele. Um ano antes, tarde da noite, ele passava em frente à nossa casa, não sabia mais o motivo. As luzes estavam acesas e, através de uma das janelas, ele viu nossos pais discutindo: *ele* acabava de dar um soco na cara *dela*, em seguida apertou seu pescoço por um bom tempo até, por fim, soltar. Patrick ficou pasmo, imóvel, na calçada. Deveria ir até lá, tocar a campainha? Passava de meia-noite. Será que tinha certeza do que vira? As coisas aconteceram muito rápido e ele estava meio bêbado. Pensando bem, não era possível! Aqueles eram seus amigos, claro que Franck tinha suas variações de humor, seus acessos, mas daí a levantar a mão para a esposa? Decididamente, era impossível! Verdade que a cara dela não estava boa nos últimos tempos, ele tinha notado, mas havia mil e uma razões para não sorrir, o tempo horrível, os finais de mês, a preocupação com as crianças, razões não faltavam. Mesmo assim, no dia seguinte, ele tentou falar do assunto com nosso pai, numa visita-surpresa. Mas como naquele momento a calma reinava na casa, não ousou abrir o bico. Porém, notou que nossa mãe usava um lenço em volta do pescoço, o que ela nunca fazia. Estaria escondendo as marcas do estrangulamento?

Depois de ir embora ele mandou um SMS para ela com uma mensagem tola: "Achei você estranha, tem certeza de que está tudo bem?". Ela começou a escrever alguma coisa, ele percebeu por causa dos três pontinhos piscando na tela do celular, mas acabou desistindo. No fim das contas, a resposta nunca veio.

"Se alguém não responde quando você pergunta se está tudo bem, é porque não está nada bem", ele pensou, mas não insistiu.

No mês posterior a esse fato, eles se viram menos e, quando se cruzaram no supermercado, Patrick não notou nada de *especial*. Então ele concluiu, mesmo sem muita convicção, que tinha se enganado. Ou que a situação estava melhor. "É isso!" – o incidente fora um fato isolado que, por um acaso infeliz, ele testemunhou.

Agora, ele *se arrependia*. De não ter agido, de não ter exigido explicações, de não ter estado mais presente para ela. Lamentava ter minimizado as variações de humor do nosso pai. E lançava uma constatação amarga:

– A gente era amigo, mas ele sempre me deu um pouco de medo, eu não sabia dizer por quê. Agora, eu sei.

Quando perguntei se ele aceitaria falar com o juiz encarregado da acusação, ele replicou:

– Se você quiser, sim... mas o que isso mudaria?

Mais tarde, no mesmo dia, refleti sobre a passividade do tal de Patrick e sobre seus pactos com a própria consciência. E concluí: eram, também, os meus.

39

Essa conversa teve um papel importante. Foi só depois dela que eu de fato iniciei meu próprio trabalho de investigação. Acabei compreendendo que meu pai não era só um homem possessivo e paranoico, ou um indivíduo assombrado pela ideia de ser abandonado, que remediava esse sentimento com o ódio – ele também era, talvez acima de tudo, um narcisista perverso, como se diz hoje em dia.

Não era tão difícil conceber isso, mas, no princípio, os rótulos não me interessavam, só contavam os fatos e as punições que eles demandavam. Além disso, aquela era para mim uma expressão da moda, muito utilizada em revistas ou na televisão e falada à exaustão nos grupos que eu frequentava. Nunca tinha me esforçado para captar um sentido preciso do termo. Só conversando com especialistas acabei admitindo que meu pai preenchia muitos dos critérios que definiam a patologia. Minhas lembranças fizeram o resto do trabalho.

Por exemplo, ele vivia dizendo que minha mãe era tudo para ele, e, se a gente pensar bem, era mesmo: seu mundo se resumia a ela, a ponto de afastar seus amigos e criar um vazio em torno de si. Além disso, seu ciúme demonstrava, num grau absurdo, a que ponto ele se apegava à mulher.

Apesar disso, não conseguia resistir ao impulso destrutivo: "*Você não entende!*", "*O que é que você sabe sobre isso?*", "*É coisa de homem!*".

Ela acabava desistindo de argumentar, sem deixar claro se não suportava contradizer o marido ou se achava que ele tinha razão. Assim, ele podia puxar a corda até o limite da humilhação, lançando na cara dela sentenças obtusas, como algumas que minha irmã relatou: "*Você não passava de uma orfãzinha quando eu te encontrei*", ou "*Vender revista* Contigo! *para velhinhas é um trabalho que qualquer imbecil pode fazer*".

E quando as lágrimas se precipitavam nos olhos da vítima, ele mandava parar com *todo aquele drama*, garantindo que, apesar de tudo, se importava com ela. Com um sorriso minguado, nossa mãe agradecia a esmola.

Ele sabia também, melhor que ninguém, confundir sua cabeça. Bastava ela externar uma convicção que ele logo plantava uma dúvida usando expressões vazias, "*Ah, tá!*", "*Tem certeza?*". E questionava tudo, usando argumentos na maior parte das vezes falaciosos, mas que sabia sustentar com desenvoltura; ou teorias obscuras com aparência de sabedoria, ou que sua virilidade impunha de forma convincente. Desorientada, ela acabava aderindo ao seu ponto de vista.

Se era muito duro com a mulher, em contrapartida ele era quase sempre adorável com a filha. Aliás, minha mãe jurava para quem quisesse ouvir que ele era *um bom pai* (e ocultava sem esforço o desdém com que ele me tratava; provavelmente, para evitar o pior).

Sedutor com os outros (os do mundo exterior, os de fora), ele também sabia se mostrar engraçado, original, atencioso. Tinha talentos de comediante e a habilidade de dizer às pessoas o que elas queriam ouvir sempre que precisava melhorar sua imagem. Só a mulher conhecia sua duplicidade. E, exatamente por ser a única a saber, era impossível provar. Seria sempre a palavra dela contra a dele. E era sempre nele que os outros acreditavam.

Todas essas peças somadas às crises de ciúme foram desenhando o quadro da ruína de minha mãe, a quem só restou a senha para o desfecho fatal: *partir*.

40

As insônias de Léa começaram.

Sem planejar, a gente tinha posto em prática o que poderia ser chamado de estratégia eficaz: jamais falar sobre o drama passado, não remoer os acontecimentos, nem mencionar nossas expectativas sobre o processo judicial que seria aberto, mais cedo, mais tarde. Preferíamos nos apegar a coisas ordinárias. As conversas eram sobre meteorologia, listas de compras, o cardápio do jantar, filmes em cartaz no cinema, o que estava rolando na escola. Na televisão, a gente só via séries, ou jogos, nunca notícias. Essa política de avestruz acabaria se revelando um desastre. Mas, por ora, sem hesitar, a gente se lançava à fuga e à alienação.

Até que vieram os problemas com o sono. Léa acordava de madrugada gritando, e eu corria ao seu quarto. No início, ela me garantia que não era nada, só um sonho ruim, não era a primeira vez, tinha pesadelos desde pequena. Quando eu sugeria que me contasse o sonho ela dizia que não se lembrava, as imagens tinham evaporado, como é comum. Eu sabia que ela estava mentindo, para não me deixar preocupado ou para não ter que dar detalhes. Às vezes eu insistia e ela se fechava ainda mais.

Comecei a ter consultas com um psicólogo, um homem de seus cinquenta anos, com um jeito estranhamente antiquado, quase um personagem de Modiano, que tinha seu consultório em Blanquefort, cuja decoração me fazia pensar num detetive particular ou numa vidente. Claro que essas impressões vinham dos meus preconceitos ou da minha ignorância. Ele disse:

– É preciso que eu veja sua irmã para ter certeza, mas, pelo que você me relata, há grandes chances de que ela esteja revendo a cena do assassinato. É o que chamamos de memória traumática, que se manifesta geralmente depois de eventos de violência sexual ou incestos. Ou quando a pessoa enfrenta um evento brutal, extremo, ainda mais se envolve um próximo, e essa memória está prestes a explodir, um pouco como uma panela de pressão, e sua irmã revê, de forma idêntica, a paralisia, o terror, a incompreensão, a impotência do momento vivido.

Quando perguntei o que deveria fazer ele se recostou na poltrona antes de dar seu parecer, que me lançou num abismo de espanto e ansiedade.

– Seria útil que ela fosse acompanhada por um profissional. Se ninguém ajudar a menina a cuidar dessa angústia, a situação corre o risco de piorar, o senhor sabe.

Apresentei a ideia a Léa numa noite em que os gritos foram mais altos que de hábito, mas ela encolheu os ombros: *o que eu estava pensando que ela era?* Mas, quando saí do quarto, pediu que eu deixasse uma lâmpada acesa. Era evidente que os fantasmas estavam ali, devorando seu espírito.

Depois apareceram outros sinais inquietantes. Às vezes, quando a gente estava conversando, à mesa, ou nos nossos passeios ao parque, ela se calava, era capaz de parar no meio de uma frase, como se alguém tivesse desligado um interruptor ou cortado a energia. Dava a impressão de que, de repente, não estava mais ali com a gente, como uma boneca numa cadeira ou um brinquedo sem corda. Nesses casos, como me explicou o psicólogo, ela provavelmente apagava a própria consciência, para anular temporariamente a realidade.

Porque a realidade era uma mãe no fundo de um buraco no cemitério e um pai numa cela. A realidade era que a pessoa à qual ela era mais apegada tinha sido morta, massacrada pela pessoa que supostamente encarnava, para ela, o senso de proteção. E por mais que a gente se esforçasse todos os dias para fabricar alguma normalidade, era impossível fazer desaparecer a realidade.

A não ser por alguns curtos instantes, quando, do nosso jeito, a gente se refugiava no mutismo, na cegueira.

Um dia, Léa acabou confessando, durante o café da manhã, que não estava conseguindo engolir os alimentos:
– Parece que eu tenho uma bola na barriga.

Fiquei curiosamente aliviado por ela ter conseguido dizer algumas palavras sobre sua dor, ou, pelo menos, tentado. E admitir que a gente teria que passar por aquilo.

41

Mas o processo de degradação de Léa continuou a avançar. Na escola, ela passou a colecionar notas ruins, a ponto de nosso avô e eu sermos convocados pelo diretor, um homem rigoroso, mas educado.

Não era o caso de ralhar com ela (todos ali compreendiam muito bem os motivos da sua performance medíocre), mas de nos alertar. Léa vinha tendo muita dificuldade em se concentrar, ele disse. Nas arguições, os professores se davam conta de que ela simplesmente não ouvia a pergunta formulada. Quando ditavam, não tomava notas. Regularmente, esquecia de trazer seus livros. Entregava os deveres de casa com atraso, dizendo que tinha esquecido.

Confessamos nossa surpresa. E tivemos que admitir: por maior que fosse nossa vigilância, esse atraso tinha nos escapado. Com o recuo do tempo, agora tenho consciência do que deixamos passar, do que perdemos. Talvez pudéssemos alegar circunstâncias atenuantes: nossa própria angústia, nossa falta de preparo, nossas lacunas. Isso nos exonera? Em nada. Até porque não era só isso: ela parecia, também, desenvolver uma *fobia social* (repito aqui os termos que foram usados; para tudo existiam fórmulas, etiquetas, jargões). Estava frequentemente em companhia de amigas (o que, para nós, era um bom sinal), mas pedia para almoçar longe dos outros na cantina e ficava sozinha num canto do pátio durante o recreio, repudiando os que se aproximavam, ou esperava, no ginásio, que as colegas terminassem de vestir os trajes de esporte para, só depois, fazer o mesmo.

Chocados, descobrimos até que ela se recusou a participar de uma viagem escolar que nunca mencionou em casa. Quando questionamos, ela simplesmente disse que não queria *se meter num ônibus*.

Estava se entrincheirando, agindo como selvagem. A ponto de ter sobressaltos quando tocávamos nela.

Então vieram os desenhos numa caderneta. Percebi por acaso quando passava pela porta de seu quarto, à noite. Ela fechou o caderno apressadamente, o que me deixou intrigado.

Nos dias que se seguiram, rompendo com a regra que exige respeitar a intimidade do próximo, em especial da irmã menor, fui atrás da caderneta, que acabei encontrando cuidadosamente escondida sob uma pilha de roupas. Suas folhas estavam cheias de grandes traços pretos. Eram rabiscos como os que as crianças que não sabem segurar um lápis fazem. Só que, ao olhar mais de perto, percebi que os traços aparentemente anárquicos formavam bocas monstruosas.

Diante da situação, juntamos nossas forças e dessa vez tomamos coragem de obrigar Léa a se encontrar com um especialista. Eu ainda vejo vovô e eu, de pé, explicando a ela que não, ela não estava doente, mas mesmo assim tinha que ir a uma consulta com um psicólogo. Que, na verdade, ela estava "sofrendo" e que havia gente formada para escutar o que tinha a dizer, a gente não estava à altura da tarefa.

Para nossa grande surpresa, dessa vez Léa não se queixou. Eu e vovô nos sentimos mais seguros, mas, a essa altura, de certa maneira, ela já tinha se rendido. Só aceitava a imposição para nos agradar, para não gastar sua energia se opondo à ideia; nada mais tinha grande importância. Um psicólogo ou o que quer que fosse, ela não dava a mínima.

O terapeuta formou um diagnóstico que já era conhecido: Léa sofria de estresse pós-traumático. Ele propôs consultas regulares, mas sublinhou que ela *não se mostrava muito cooperativa*.

Prescreveu antidepressivos. Prozac, igual a mamãe.

Que menina de treze anos toma Prozac?, pensei, pois, sim, Léa ainda era uma menina, merda!

Resposta: aquela cuja infância foi aniquilada em alguns segundos. Aquela criança que cresce com o odor do sangue e a memória dos golpes. Aquela que não pode mais pronunciar *mamãe* sem que o pranto se precipite, nem *papai* sem que seu corpo seja tomado por espasmos.

42

Certa noite (nove meses depois do crime), Léa fugiu de casa. Levantei cedo e ela não estava mais no quarto, a cama nem tinha sido desfeita, faltavam roupas no armário, e logo entendi o que tinha acontecido (existem hipóteses jamais cogitadas ou nomeadas que tomam corpo como a explosão de um *flash*, você sabe do que estou falando). Disquei dez, vinte vezes o número do celular dela, mas ao primeiro toque a ligação caía na caixa postal. Mandei mensagens desvairadas, mas sem qualquer repreensão, e tudo ficou sem resposta. Telefonei para as amigas, que juraram não saber onde ela estava, e eu acreditei. A ignorância delas agravou minha inquietação: mesmo para suas confidentes ela não avisou, nem deixou pistas, de nada.

Alertei a delegacia, e foi Pierre Verdier que se encarregou do caso. Ele não pareceu muito surpreso, alegando que fugir, desaparecer, depois de um drama como aquele, era um passo lógico. Mesmo que ele tivesse toda razão, sua frieza me chocou. Mas pelo menos ele se mostrou reativo, como se tivesse uma dívida de perdão. E tinha.

A espera começou.

Era assustador. A gente está lá, de braços cruzados, sem ação. A gente dá voltas pelo apartamento e acaba se sentando. A gente liga a televisão sem reter nenhuma imagem, nenhum som, é só uma bolha de luz. A gente acaba desligando o aparelho. A gente vai até a varanda tomar um ar e o ar corrói o pulmão. A gente vai caminhar no parque, dar uma esticada nas pernas, e volta minutos depois, devorado por uma estranha culpa. E, no caminho, a gente tem a impressão de que todo mundo está olhando, vendo o turbilhão, transparente e aberrante, que amputa nossa alma. A gente olha para o telefone a cada dois minutos mesmo sabendo que é impossível ter perdido uma chamada. A gente compreende que a impotência é um tipo de prisão.

E nessa espera, somos assaltados, a intervalos quase regulares, por uma angústia primordial, como a que sentimos quando, no mar, enfrentamos uma série de ondas cada vez mais altas sem tempo para respirar. Porque a imaginação galopa.

Como a irmã fugitiva faz para se locomover? Ela não sabe, nem pode dirigir, e quase não tem dinheiro. A pé? E se foi atropelada por um carro? E se estiver percorrendo lugares perigosos? De carona? E se ela se envolver com gente ruim? De ônibus? Para onde? De trem, sem bilhete? E como vai se alimentar? Matar a sede? Chega sempre um momento em que o organismo reclama!

As dúvidas disparam, velozes, e se entrechocam como bolas de pinball. A mais lancinante é: o que Léa procura com essa fuga? A si mesma em outro lugar? Romper com seu mal-estar o mais rápido possível, escapar da depressão, do torpor? Acabar com tudo?

Acabar com tudo.

Esse impasse instalado, a loucura nos espreita.

Trinta e seis horas depois, o telefone tocou. Era ela.

– Estou em Pyla. Vem me buscar?

Corri para o carro do vovô e acelerei para Arcachon. Na estrada, nem cheguei a pensar em prevenir a polícia. O que importava era que ela estava viva e voltaria para nossos braços.

Ao chegar, segui as indicações. Foi fácil chegar até ela, sentada num banco, ao longo da praia quase deserta na manhã nublada. Eu me pus ao seu lado sem dizer nada, mesmo estando louco para fazer um mundo de perguntas. Com os olhos fixos no horizonte, ela explicou:

– Fiquei com vontade de ver o mar. É bonito, o mar, quando não tem ninguém.

Persisti no meu silêncio. Ela recordou:

– A gente veio aqui com a mamãe, lembra? A gente subiu nas dunas.

Instantaneamente refiz nossos passos pela areia escaldante, nosso esforço, a respiração curta, nossa alegria, nossos braços levantados quando chegamos ao topo (o pai estava ausente). Léa se antecipou no exercício de memória:

– Quando a gente desceu de volta, comeu *waffles*.

Essa evocação me fez sorrir. Léa emendou:

– Acho que nunca mais vou conseguir comer... *waffles*.

Finalmente, deixamos nosso banco. Chegando ao estacionamento onde tinha deixado o carro, ela deu uma olhada no casario envolto em pinheirais, e disse:

– Devem ser felizes, as pessoas daqui.

Quanto a nós, restava voltar a Blanquefort.

43

Pouco tempo depois, pude voltar à nossa casa. Os policiais tinham finalmente aceitado retirar os lacres, depois de um ano de relutância. Perguntei a Léa se queria ir junto e fiquei aliviado quando recusou.

Encaixei a chave na fechadura e – coisa idiota – fiquei surpreso que funcionasse. Empurrei a porta com uma precaução infinita.

Quem me visse diria que eu estava cometendo alguma profanação. Ou que eu temia que tudo desmoronasse. Tinha medo de que a podridão tivesse proliferado.

Na soleira, escolhi me virar na direção da sala. Para não sufocar de cara. A desordem no aposento me desestabilizou. Concluí que, na época, os homens da polícia invadiram a casa com estrondo, como se isso pudesse servir a alguma coisa, como se já não soubessem de tudo ao entrar.

Na sala de jantar, as gavetas do bufê estavam abertas e as contas da casa espalhadas. Ninguém, desde então, tinha entrado ali, se não para limpar, pelo menos para botar alguma ordem naquilo.

Enjoado com o cheiro de mofo, abri bem as janelas; um gerânio havia milagrosamente renascido num dos vasos.

Subi ao primeiro andar e deparei com colchões jogados no piso e armários esvaziados.

No chão, no quarto de Léa, avistei as roupas dela jogadas de qualquer jeito, um pequeno vestido de verão, uma camiseta com a cara de Minnie, um jeans remendado.

No meu quarto, eram os livros. A autobiografia de Nureyev e um exemplar de bolso de *O morro dos ventos uivantes*.

Alguma parte de nós estava lá, jogada no chão.

Desci lentamente, a caminho da cozinha. Ao entrar, mesmo tendo me preparado, não pude inibir um movimento de recuo. Na verdade, tive que apoiar as costas na divisória para não cair, para suportar o espetáculo que me esperava: sangue por todos os lados, no piso, nas paredes, na toalha de mesa em lona encerada, um sangue que o tempo tornou negro.

Os policiais tinham deixado a cena do crime do jeito que estava. E não me avisaram desse fato ao entregar as chaves.

Era como se tudo ali tivesse parado junto com o coração de nossa mãe. Uma vez seu corpo retirado, o tempo, fossilizado, virou pedra.

Então, sem querer, fui apanhado pelo passado. Quantos cafés da manhã felizes tomamos naquela cozinha! Revi minha mãe dispondo as grandes xícaras sobre a mesa, cada um de nós no seu lugar, enchendo os recipientes de chocolate quente enquanto os pães torravam, ela arrumando os potes de geleia e nos contemplando com um sorriso ainda sonolento.

(Para ser completamente honesto, devo reconhecer que meu pai, algumas vezes, contribuía para essa alegria: ele sabia, naquela época, ser brincalhão, promovia, em volta da mesa, corridas que se estendiam ao salão, enveredavam pelas escadas, desciam até a saída da casa onde ele capturava o corpo frágil de minha irmã, leve como uma mochilinha, e a jogava para o alto para em seguida agarrá-la em pleno voo e abraçá-la forte, e ela ria, ria com gosto, eu mesmo me flagrava com um sorriso no rosto; e essa memória, agora, me dava uma espécie de náusea.)

Tivemos jantares intermináveis ali, jantares barulhentos com amigos de passagem, e outros jantares, mudos, envolvidos pelo som da tevê, cercados por uma dessas noites que caem rápido demais.

Isso tudo existiu, eu não sonhei.

Na geladeira, os alimentos estavam escuros, podres, como uma infestação.

Quis apagar rápido as marcas do drama. Em sacos de lixo me desfiz dos produtos fora da validade, artigos usados, jornais velhos, louças quebradas durante a briga, destroços de todos os tipos. E fui jogando fora, jogando fora, me esforçando – isso era o mais difícil – para não me apegar a objetos ou recordações.

Em seguida, arrumei um balde, uma vassoura, panos de chão, esponjas, produtos de limpeza, água sanitária, e me pus a lavar, esfregar, polir, arear.

Em cada canto, pus tudo em ordem, metodicamente, com uma aplicação que até então eu não conhecia. Era preciso fazer como se nenhuma tragédia tivesse acontecido naquele espaço, era preciso que Léa pudesse voltar ali, mesmo que fosse só para buscar suas coisas, sem que o passado saltasse no seu pescoço.

Logo, a gente botaria as sobras em caixas e venderia na porta da casa, uma quermesse para a vizinhança, e mandaria o que restasse para a reciclagem, para arejar os aposentos antes de dizer a uma agência imobiliária: bom, é sua, vendam a casa a quem quiser comprar, não vamos ser exigentes com o preço, o que queremos é nos livrar dela, e dane-se toda a nossa juventude.

44

Depois de vinte e um meses à deriva num mar calmo na aparência, mas revolvido de lama nas profundezas e tão extenso que nenhum porto poderia ser avistado, o tribunal criminal da região de Gironde se reuniu e o processo foi, finalmente, aberto.

Fomos convocados como parte civil. Léa era, além disso, chamada a testemunhar, pois foi estabelecido que ela assistiu indiretamente ao assassinato. Nosso advogado, aliás, ajudou minha irmã a se preparar para a audiência.

Tivemos que atravessar uma multidão de curiosos para conseguir ter acesso ao tribunal, vencer os degraus sob um enxame de fotógrafos e de jornalistas apontando seus microfones. Uma pergunta idiota era feita a todo momento: *Como vocês se sentem?* Como eles achavam que a gente se sentia? Estávamos devastados como no primeiro dia, destruídos. Impacientes, também. Para começar, talvez, a tratar nossas feridas. Eu disse a Léa para abaixar a cabeça e não responder a ninguém, simplesmente ignorar aquela gente toda.

Ficamos perdidos na sala até um sujeito de uniforme indicar o caminho, que nós seguimos sem discutir. Chegando à sala de audiência, fomos separados. Léa não estava autorizada a assistir aos debates enquanto não fosse chamada a testemunhar. Foi posta numa salinha ao lado, em companhia de nosso avô, e eu fui convidado a entrar no tribunal e ocupar uma cadeira especialmente reservada para mim.

Os espectadores já estavam instalados. Os cochichos e olhares oblíquos criavam um ambiente exótico. Eu era um animal no circo.

O banco dos réus ainda estava vazio. Depois de quinze minutos meu pai surgiu, acompanhado de dois guardas. Ele cumprimentou seu advogado antes de contemplar a plateia. Depois, seus olhos me procuraram. No exato segundo em que me localizou, ele exibiu um sorriso miserável ao qual eu não respondi.

Era a primeira vez que eu via o pai desde a acareação no posto de polícia, no dia seguinte ao crime. Deliberadamente, recusamos todos os seus pedidos de visitas na prisão, todas as suas súplicas e seus acessos de revolta, superando todas as nossas breves hesitações – sim, houve hesitações, sejamos francos –, convencidos de que aquele cordão sanitário era indispensável se quiséssemos ficar bem, um dia.

No tribunal, ele estava envelhecido, magro, lívido, e isso não me deixou com pena, nem provocou qualquer tipo de compaixão. Mas não posso negar que a visão mexeu comigo e que fiquei abalado. Aquele homem ainda era meu pai, ele seria meu pai até o fim, eu tinha seu sangue, e durante todos os anos compartilhados houve sentimentos. Mesmo que eu estivesse convencido de que eles desapareceram numa grande fogueira, ainda pairavam cinzas mal apagadas.

Imaginei que, para Léa, todas essas percepções seriam ainda mais perturbadoras e mais dolorosas. Cheguei a comentar, eu acho: ela se encontrava num estado de ambivalência em relação a ele, o que explicava em grande parte, aliás, seu profundo tormento.

Ela recriminava o que ele havia feito, mas não conseguia detestar o pai. Tinha aceitado banir sua presença de nossas existências, mas isso não impedia que, de tempos em tempos, questionasse:

– A gente não vai visitar ele na prisão, pelo menos uma vez?

(Aliás, ao proibir brutalmente que ela fizesse isso, será que não agravei seu desequilíbrio, pensando em preservar sua sanidade?)

Ela descobriria um homem encurvado e lembraria que, apesar de todas as suas falhas, um dia ele foi uma figura exuberante.

Quando a juíza entrou, todos se levantaram. A audiência foi aberta com um incidente: duas mulheres emergiram de algum canto, rasgaram suas blusas e, com os seios nus, gritaram *slogans* denunciando os feminicídios, a inércia da polícia, a lentidão da justiça.

(Um detalhe, a propósito: a palavra *feminicídio* é sublinhada em vermelho no processador de texto que estou usando em meu computador enquanto escrevo, como outras palavras que não estão nos dicionários. Pensando bem, isso não é só um detalhe.)

As mulheres foram rapidamente retiradas do recinto. Nunca vou esquecer a piscadela de uma delas para o público ao ser levada com brutalidade por um policial.

Tive medo de que a juíza se sentisse ofendida por esses excessos, pois ela tinha deixado claro que não toleraria nenhuma desordem, e, imediatamente, pensei: ao menos, os termos do debate estão postos. A gente não estava lá somente para julgar uma notícia escandalosa, mas um fato social. Não era para falar de uma briga de casal que acabou mal, mas da resultante de um contínuo de violência e de terror generalizados. Não estávamos lá para falar de um homicídio, mas da vontade de um homem de afirmar seu poder, de cristalizar sua dominação. E da cegueira da sociedade. E do medo de denunciar.

45

Às vezes, penso que seria melhor se o processo, pelo qual a gente esperou tanto, nunca tivesse acontecido. Porque aquilo que tive que ouvir ali ficou inscrito em minha memória como no couro de um boi marcado a ferro em brasa. Certas noites, ainda acordo sob efeito desses ecos.

Como a gente temia, o advogado de nosso pai, sem uma ponta de vergonha, alegou *loucura momentânea*. Se ele conseguisse demonstrar que tinha havido uma supressão de discernimento no instante do crime, poderia obter uma sentença favorável. Se isso não fosse possível, ele se contentaria com *alteração do discernimento*, atenuando a pena. A gente já tinha visto uns sujeitos que se fizeram passar por doidos se darem bem. Não era uma estratégia ruim, em que pese sua repugnância.

Ele inicialmente argumentou que nosso pai não era, *em nada*, um homem violento, que *ninguém jamais o viu* levantar a mão para a esposa.

Sim, era preciso admitir que seu cliente fazia o trabalho sujo longe das vistas, era suficientemente esperto para se ater à intimidade do lar. Isso podia iludir, e iludiu. Meu pai levava a farsa até o limite de posar como vítima diante dos colegas, ou seus próximos, dizendo que a vida com sua mulher era um inferno, que ela se encontrava com outros homens às escondidas e seduzia clientes até na loja. Assim, enrolava todo mundo sem dificuldade. Diante do júri passaram várias *testemunhas* garantindo que *não viram nada* e, ora, *se elas não viram nada*, não era exatamente porque *nada havia para ver*?

Então ele se antecipou, alegando que a única testemunha do ato a ser apresentada ao júri, a de sua filha, era *indireta*. Nas suas palavras, ela não tinha verdadeiramente *assistido* às cenas que descreveria. Só *percebeu vagamente*, e *de longe*, o que se passou.

Aliás, qualquer um de nós podia fazer o teste: a partir de um quarto, com a porta entreaberta, no piso superior de uma ampla casa, será que era possível captar *realmente* o que se dizia na sala, no andar de baixo?

— Não! Vamos falar sério! — bradou o advogado, acrescentando que, de qualquer modo, um testemunho como aquele estaria sujeito a *questionamentos*. Pois, não podíamos esquecer, Léa era ainda uma criança quando os fatos ocorreram, uma criança impressionável. E uma criança que, amando mais que tudo a mãe, estava pronta para dizer qualquer coisa para defendê-la, *o que era perfeitamente normal*. Além disso, com treze anos, a gente tem, *como todo mundo sabe*, uma imaginação transbordante, ele concluiu.

Ele descartaria com um gesto de menosprezo, diga-se de passagem, a declaração de um amigo do casal, aquele que teria flagrado uma tentativa de estrangulamento:

— Um cara embriagado? À noite? A dez metros de distância? Francamente!

Em seguida, alegou que a perspectiva de uma ruptura iminente desencadeou em nosso pai uma *descarga passional*. E como não compreender isso? Sua mulher era *tudo para ele.* Perdê-la era uma *perspectiva insuportável.* Que homem aceitaria, sem reagir, ser separado da *mulher da sua vida*?

Então ele evocou lembranças de um amor à primeira vista no auge da juventude, de um casamento feliz coroado pelo nascimento de suas crianças, de um companheirismo de mais de vinte anos.

Nem tudo era falso em sua demonstração. A questão era que ele se atinha só às aparências. E ignorava voluntariamente a infelicidade muda, sufocada, de uma mulher prisioneira da paranoia do marido.

Em sua teoria, era a tensão psíquica intensa o motivo de ele perder o controle de si, provocando um tipo de dissociação. *Que ninguém se engane,* repetia. Para o advogado, não havia nenhuma dúvida de que nosso pai não estava em plena consciência de seus passos, completamente tomado pela emoção e invadido pelo estresse. Como prova, alegava, o fato de que *não se lembrava de nada.* O blecaute não seria uma prova de sua ausência de responsabilidade pelos atos?

Tratando-se do número de facadas, o defensor dispunha igualmente de uma explicação sob medida:

— Uma vez o primeiro gesto consumado, os outros se seguem automaticamente, isso é conhecido, é comum, os especialistas já o explicaram à exaustão.

Sua fuga deplorável também foi citada como um fator favorável: ela seria mais elucidativa que qualquer discurso sobre a confusão, o extravio, a cegueira.

O advogado concluiu sua argumentação apresentando *o arrependimento profundo* do assassino.

— Claro que ele lamenta, que ele está mortificado, e que ele se culpa: quem poderia imaginar o contrário?

No fundo, disse o advogado, sua tristeza e seu remorso constituiriam sua verdadeira condenação. Por que deveríamos, nós, acrescentar mais uma pena a esse martírio? Por que meter a justiça dos homens nesse terrível combate íntimo?

46

A gente já suspeitava que existiam diferentes formas de contar a mesma história. Era fácil admitir que o percurso de nossos pais tinha sido repleto de belos momentos, no início, antes de as coisas se degradarem até apodrecer. Mesmo assim, a apresentação do caso encheu a gente de fúria. Pelo menos, eu, que não perdia de vista que só havia uma vítima naquele enredo. E um único carrasco.

Felizmente, nossa advogada e o procurador tomaram a palavra. Ponto por ponto, extremamente metódica, a doutora Virgínia Cadiot confrontou seu colega.

Evocou os anos de recriminação velada, de acusações sem fundamento, de insultos, seguidos de desculpas, mas ainda assim insultos, de uma violência que nem sempre deixava rastros no corpo mas sem dúvida feria muito mais profundamente, numa trilha de assédio sistemático. Anos de uma humilhação surda, de uma tirania dissimulada, mas extremamente real. Ali, onde o amor original não desculpava nada. Onde o ímpeto do início não exonerava nenhum crime.

Ela apresentou o anúncio da ruptura como a demonstração de que nossa mãe tinha, enfim, decidido, depois de uma primeira tentativa, escapar a esse estado de opressão, *se salvar*, em todos os sentidos do termo, pois ela provavelmente pressentia que *seus dias* estavam ameaçados.

Sem hesitar, delineou, de nosso pai, o retrato de um ser narcisista, dominador e assombrado pela ideia de ser abandonado:

— No fundo, ele só ama a si mesmo e não concebe que alguém não o ame de volta.

Uma ideia da virilidade que uma herança milenar ensinou a ele e que sua história familiar e pessoal forjou.

No entanto, ele tinha medo, como uma criança que teme ser esquecida num parque de diversões.

A perspectiva de uma separação, assim, emergia para ele como uma expropriação insuportável.

— Não se enganem, senhoras e senhores jurados, é um crime de proprietário. Esse homem achava que sua mulher pertencia a ele, que ela era um de seus bens, ele a considerava como "sua coisa". Tirar sua vida representava para ele a única maneira de impedir que ela recuperasse a posse de sua liberdade.

Ela insistiu na *extrema violência* da cena.

— O assassino trucidou sua vítima. Trucidou, estão ouvindo?

Então, pediu que cada um imaginasse as facadas repetidas, os órgãos vitais atingidos, a poça de sangue:

— Essa morte não é uma metáfora. Ela é muito concreta, muito brutal, muito sangrenta. Houve ali ferocidade, bestialidade, a vontade indiscutível de matar, de massacrar.

Os jurados escutavam, pasmos, retraídos. E, para que ninguém ousasse pôr em dúvida sua argumentação, a advogada mostraria à corte uma foto do cadáver de minha mãe. Na véspera, ela tinha me prevenido, sugerindo que, na hora H, eu fechasse olhos; Léa, que ainda não tinha testemunhado, não estava na sala. Não seria um espetáculo recomendável para um filho, e decidi acatar a sugestão. Mesmo assim, quando a imagem apareceu projetada numa tela branca instalada especialmente para isso, o terror do público foi tão palpável que eu não pude evitar de olhar em volta. A advogada tinha razão: eu não devia ter feito isso, nem mesmo sorrateiramente. É uma imagem inconcebível, insustentável, que nunca se apaga. E que vai me perseguir até o último sopro.

A litigante em seguida refutou veementemente a tese *aberrante, grotesca*, da abdicação do discernimento. Diga-se de passagem, "nenhum tribunal jamais aceita essa tese". Não se tratava, nem mais, nem menos, que do último argumento dos covardes.

— Esse homem sabia o que fazia, sabia perfeitamente. A prova era que ele não esperou a polícia num estado letárgico. Não, ele fugiu imediatamente, como fogem os fracos, se escondeu, como se escondem os que estão conscientes de suas ações, e não se rendeu, vendo nisso um último recurso para tentar escapar de suas responsabilidades.

Para terminar, ela voltou mais uma vez a falar de *nossa mãe*, uma mulher que certa noite bateu à porta de um posto de polícia, que realmente precisou desse apoio, que teve a coragem de se apresentar e que não foi ouvida, "a exemplo de centenas de outras vítimas antes dela, todas mortas, hoje, ou marcadas para sempre".

Queremos que isso se repita, que continue? Nossa mãe, embora única, de repente se tornava *todas as mulheres*.

O promotor, por sua vez, pediu a prisão perpétua.

47

Vamos falar do momento mais pungente do processo: o depoimento de Léa.

Ela caminhou timidamente até o banco das testemunhas. Usava um vestido primaveril e calçava coturnos tipo Dr. Martens, que faziam com que parecesse um pouco mais velha e davam certa estranheza aos seus movimentos.

Ao ver Léa, a plateia pareceu sufocar. Havia no ar uma eletricidade, uma mobilização. Os jurados, na sua totalidade, acompanhavam, condoídos, o esforço que ela fazia, e nem mesmo nosso pai conseguiu reprimir um esgar no qual eu quis enxergar compaixão.

A juíza se dirigiu a ela sem afetação, com uma neutralidade que diminuiu ligeiramente a tensão (ela estava certa, não tinha necessidade de transformar tudo aquilo em comiseração). Léa teve que dizer sua identidade, precisar sua idade, o que correspondia a verbalizar sua adolescência, mas não teve que prestar juramento pelo fato de pertencer à família do acusado. A juíza perguntou se ela queria fazer alguma declaração espontânea e ela respondeu que não com a cabeça. A magistrada pediu que ela desse a resposta em voz alta e de forma inteligível. Léa reiterou seu "não".

Essa recusa em fazer uma declaração tinha sido combinada com nossa advogada, que preferia que minha irmã depusesse guiada pelas suas próprias perguntas.

Então, Léa falou.

O que ela disse eu sabia de cor, mesmo assim fiquei perplexo, pois seu testemunho me levou de volta, bruscamente, ao telefonema no qual tinha me dado a notícia. Fiquei também surpreso, porque até então a gente tinha mantido nosso trato de não evocar o ato, e agora ela estava ali, capaz de contar a história, dar corpo a ela, encaixar os fatos numa cronologia.

Sobretudo, eu pude constatar o efeito, sobre o júri, de suas palavras – ditas num fio de voz às vezes hesitante, crivada de soluços reprimidos e pausas inevitáveis.

Cada um se dizia: uma menina não deveria ter que assistir a cenas abomináveis como aquela. Cada um cogitava: como poderia ela levar uma *vida normal*, depois disso? Todos tinham vontade de abraçar forte a menina. Alguns olhavam para seus coturnos também, seus estranhos Dr. Martens: será que ela já estava perdida, a essa altura?

Durante todo esse tempo, eu sentia medo de que Léa fraquejasse. Ou, mais exatamente, de que desabasse, não conseguisse prosseguir, que aquilo fosse duro demais para ela. Eu prestava uma atenção exagerada às inflexões de sua voz, ao nervosismo em suas mãos apoiadas na barra de ferro do balcão, à vacilação de suas pernas; estava pronto para ir lá acabar com aquilo, se fosse preciso, mas ela não caiu, não, ela não caiu. De novo, o que quero dizer é que eu temia que ela não ousasse enfrentar nosso pai, que tivesse, de repente, pena dele, que voltasse atrás nas declarações ou atenuasse o relato, cedesse às investidas da outra parte, mas ela não cedeu. Isso custou caro, eu sei. Pois, mais tarde, Léa me confessaria:

— Cada vez que a barra pesava, eu pensava na foto de mamãe sobre o caixão. E nos anjos dos vitrais da igreja.

Agora que se preparava para deixar o banco, Léa pigarreou e murmurou:

— Tem uma coisa que eu gostaria de acrescentar... uma coisa que eu não contei...

Retesei a coluna enquanto um zum-zum-zum percorreu o tribunal. A advogada me lançou um olhar inquieto, ao qual eu respondi encolhendo os ombros para demonstrar minha ignorância.

— Quando me inclinei sobre minha mãe, ela não estava morta. Tinha ainda força para agarrar meu braço... Ela tentou falar, mas não conseguiu. Então, como é que eu vou dizer?... os olhos falaram por ela... os olhos estavam cheios de terror porque ela sabia que ia morrer. Porque entendeu que não estaria mais ali para proteger a gente. Até que, finalmente, mamãe conseguiu formar o começo de uma frase: "Você me promete..."... e sua cabeça tombou, e acabou... E eu... eu nunca vou saber que promessa eu deveria cumprir...

Seguiu-se um silêncio monumental de alguns segundos antes que várias pessoas na audiência caíssem no choro, a começar por mim. A advogada ficou boquiaberta. A juíza abaixou a cabeça e procurou se conter folheando o pesado dossiê diante dela. Entre os jurados, alguns taparam a boca para reprimir um grito. Uma comoção tremenda. Até Pierre Verdier, que tinha ficado de pé no fundo da sala, precisou se sentar, tomado pelo pesar. Assim, ele podia finalmente quebrar aquele seu gelo, o que devia ser muito reconfortante.

Quando Léa voltou ao seu lugar, nosso pai, que já tinha pouquíssima ou nenhuma chance de sair ileso, estava liquidado.

Ela lançou a ele um último olhar, sombrio e doloroso.

Nesse olhar, eu li: *eu amava você; tinha que destruir a vida da gente?*

Nosso pai foi condenado à prisão perpétua, acompanhada de vinte e dois anos de reclusão em regime de segurança máxima.

48

Então, ingenuamente, a gente pensou que tinha terminado. Nossa mãe repousava num cemitério que visitávamos em alguns domingos, levando flores; nosso pai apodrecia na prisão sem que tivéssemos notícias suas; a casa havia sido vendida a preço de banana, foi preciso acatar essas condições para que os interessados aceitassem superar sua má reputação e comprar o imóvel; a gente dava um jeito de não passar nunca pelo nosso antigo bairro, e falávamos com a Sra. Bergeon pelo telefone. Assim, íamos apostando que o pior estava para trás.

Iríamos *retomar nosso rumo*, chegou a profetizar nosso avô. A expressão mexeu comigo. Ela sugeria uma tentativa de reencontrar a vida de antes, mas isso era impossível, a vida de antes não estava mais ao alcance, a inocência tinha acabado, a despreocupação, a esperança de dias melhores, tudo acabado, podíamos no máximo esperar um dia atenuar a intensidade da comoção, viver com nossas feridas e fazer força para conviver com a falta.

Tivemos, é verdade, alguns meses de calma. Uma calma que a gente sabia ser precária, ameaçada a cada instante, mas que podia dar a ilusão de algum equilíbrio. Isso até perceber quão perigosa era ela.

Eu me esforçava para extrair prazer das aulas que dava aos meus jovens aspirantes ao balé, mas a coisa se arrastava sem um progresso real. Primeiro, era uma missão ingrata: eu deveria despertar o interesse de uma meninada que perdia o ânimo muito fácil – eram crianças burguesas com pouco ou nenhum talento, teleguiadas pela ambição de seus pais.

Eu ficava ali repetindo as mesmas frases, os mesmos exercícios, *démi-plié*, *dé-ve-lo-pé*... sem constatar progressos visíveis, sem ver nenhum potencial, sem ter esperança de topar com um prodígio.

E não conseguia evitar de pensar em Paris, lamentando: àquela altura eu possivelmente já seria primeiro bailarino, percorrendo o proscênio da Ópera da Bastilha, interpretando Des Grieux em *Manon Lescaut* ou o príncipe Siegfried no *Lago dos cisnes*, seria uma bela vida, a vida com a qual eu tinha sonhado.

Eu recebia notícias de uns e de outros, contemplava a trajetória dessas pessoas, mas as notícias eram cada vez mais raras, porque eram cruéis para mim e porque meus antigos companheiros levavam suas vidas e iam me esquecendo pouco a pouco.

À noite, não era raro dar um pulo em Bordeaux para me mexer um pouco no Coco Loko. Eu dançava até perder as forças na cadência de uma música pop melosa que me relaxava, ou de uma batida eletrônica que me levava a um transe; meus cabelos cobriam minha face, minhas camisetas fediam a suor. Eu bebia além do razoável, misturava diferentes tipos de álcool e coquetéis; ou bebia a cerveja quente que um cliente deixava no fundo de uma tulipa de plástico. Às vezes aceitava uma balinha de *ecstasy* que um estranho me oferecia e que eu engolia, escondido atrás da porta do banheiro.

Antes que a casa fechasse, eu me encontrava com as *drags* nos seus camarins, algumas tinham ficado minhas amigas, e, lá pelas duas da manhã, a gente ia badalar nos corredores do Mercado dos Capucines, no meio de uma fauna estranha, sentindo os vapores imundos do recinto.

Acontecia muito de eu seguir um estranho até seu quarto de estudante, ou um apartamento luxuoso na praça da Bolsa, e me deixava foder sem dar a isso a menor importância, depois ia embora assim que a coisa se resolvia, pegava o primeiro bonde da manhã para voltar a Blanquefort antes que a irmã e o avô acordassem.

Às vezes eu me surpreendia lamentando não estar apaixonado, não encontrar um cara a quem eu pudesse me apegar, e depois acabava me tocando de que isso não era para mim, que eu era totalmente incapaz de sequer cogitar uma relação afetiva estável.

Acho que os homens me davam medo. Homens eram assassinos.

Eu tentava me convencer de que, antes, era preciso que a juventude passasse, mas não demorei a enxergar que a juventude não tinha nada a ver com a história: eu andava à deriva, era óbvio, essa evidência saltava aos olhos de todo mundo, e agora era a minha vez de ver.

Na verdade, era utópico a gente esperar se livrar, *com o tempo*, do trauma que viveu. A violência do choque continuava bizarramente intacta e os pesadelos não diminuíam. Eu precisava de ajuda. Então, tomei a decisão (vertiginosa para mim) de começar uma terapia. Se eu também procurasse um psicólogo, se eu *dissesse* essa violência, talvez tivesse a chance de melhorar um pouco.

Não esqueço da primeira sessão. Dei uma de esperto o tempo todo, fugindo mais uma vez do essencial. Quando se despediu de mim, a terapeuta só disse, de uma voz doce, mas que não autorizava réplica:

– Entenda uma coisa: é a sua pele que está em jogo, e você não vai escapar com piruetas.

Na sessão seguinte, eu comecei a me redimir.

49

Léa, por sua vez, a quem eu achara que o processo faria bem, vegetava. Seu desempenho na escola continuava medíocre. Suas amigas faziam cada vez menos visitas. Um dia uma delas, com quem cruzei, de saída, no bloco em frente ao nosso prédio, desabafou, com certo desespero:

– Ela está muito *deprimente*.

Praticamente não abria a boca quando estavam juntas, e não expressava nenhum desejo ou vontade de nada. Tinha virado *uma chata*, disse a amiga, se desculpando, mas sublinhando que era a mais pura verdade.

Ela parecia, inclusive, bloqueada em seu desenvolvimento. No momento em que deveria estar virando uma jovem mulher, continuava sendo uma criança, pelo menos no plano intelectual. Como se o tempo tivesse parado, ou, pelo menos, diminuído sua marcha.

Eu e meu avô... a gente não dispunha de nenhum reforço. Outros amigos, família, gente próxima, eram raros. Tudo o que tínhamos a oferecer era nosso amor, nosso pobre amor.

O golpe de misericórdia veio quando, certa manhã, a gente recebeu um telefonema da prisão: nosso pai havia tentado se suicidar na noite anterior; sobreviveu, mas estava em mau estado, sendo atendido na enfermaria. O rosto de minha irmã se transformou na hora e ela murmurou, entre os dentes:

– Quero ver ele.

A certeza em sua expressão era tanta que nem tentei impedi-la.

Como eu não podia nem pensar em retomar contato com aquele que era a fonte de toda a nossa infelicidade, combinamos que ela iria com vovô. Olhei para os dois partindo e me pareceu que eram como gado a caminho do abate. Eu não esperava nada de bom desse tipo de reencontro. Servia para reabrir feridas, apagar os esforços de minha irmã para superar o luto, com o risco de ter que recomeçar do zero. Pior: provavelmente agravaria seu desajuste se ela se deixasse impressionar pelo estado do prisioneiro, ficando ainda mais perdida. Eu não tinha dúvidas de que era um mau negócio.

Na volta, como não perguntei nada, ela tomou a iniciativa de me contar da visita. Falou da porta pesada, dos documentos que teve que mostrar, dos objetos que entregou antes de entrar, dos postos de controle, das escotilhas, dos corredores com a pintura rachada, de um cheiro azedo de suor, dos gritos de interpelações distantes, incompreensíveis, de um carcereiro que se mostrou gentil, da sala minúscula onde pediram que se sentasse, da espera, de sua vigilância inquieta – ela estava ansiosa –, do desaparecimento do mundo exterior – todos os sons chegavam amortecidos, a janela era opaca, as regras eram outras, se acontecesse alguma coisa com ela, quem saberia?

Descreveu a aparição de meu pai, enfraquecido, magro, barbado, um fantasma, um espectro. Ela na hora teve pena. O homem tinha ataduras nos pulsos para esconder os entalhes que tinha feito com uma faca de cozinha roubada. Pôs as mãos sobre as da filha e não tirou um só momento. Perguntou como ela estava, ela não soube o que dizer, e não respondeu à pergunta.

Ele então explicou que tentou morrer não porque não suportasse o encarceramento, ou a loucura de estar privado de liberdade até o fim de seus dias, mas porque estava sendo corroído pela culpa e pela tristeza. Perseguido pelo seu ato, não dormia mais. Quis que *aquilo* acabasse. Léa disse que acreditou nele naquele momento, que sem dúvida não deveria ter feito isso, mas que *foi assim*.

Agora, de volta à casa, continuava a acreditar, um pouco menos, mas a crença não tinha se apagado.

Não pude contestar. Afinal, ele talvez dissesse a verdade. Só que eu, eu tinha a necessidade de manter o pai no papel de vilão. Foi graças a essa condição que eu não cheguei ao fundo do poço. Era preciso que fosse o preto no branco. A zona cinzenta na qual minha irmã se movia, eu não teria suportado. Aliás, ela não suportava. Ela só não sabia onde ficava a saída.

E depois, arrependimentos tardios mudavam o quê? Teria sido melhor expressar tudo isso no início do processo, em vez de tentar livrar a cara se apresentando como marido perfeito e fingindo não ter sido responsável pelas suas ações. Eu não queria, nem podia esquecer.

E seu suicídio, se ele tivesse conseguido, será que não faria Léa e eu afundarmos ainda mais?

Mesmo sem consumá-lo, ele já nos empurrava um pouco mais para o abismo.

Assim, por todos esses motivos, eu me calei. Deixei minha irmã em sua ambivalência e voltei à minha radicalidade. Nossos caminhos ainda iriam divergir um pouco mais.

O que eu ignorava era qual de nós dois tinha escolhido o bom, se é que havia um.

O que eu sei, por outro lado, é que a deterioração do estado de minha irmã se acelerou. Poucas semanas depois, descobri que Léa se cortava.

50

Claro que ela não me disse nada. A automutilação é, antes de tudo, um gesto íntimo, um ato secreto. O que me pôs em estado de alerta foram os blusões de manga comprida que ela continuava a usar no início do verão, num período em que ondas de extremo calor já sopravam na região. Quando perguntei o motivo, ela foi evasiva. Quando insisti, ficou briguenta, o que não era seu jeito de ser. Um alarme logo começou a soar em mim, e, contra todos os meus princípios, tive a coragem de agarrar seu braço e puxar uma de suas mangas. O que vi era o horror.
Cortes por toda a pele, mais ou menos longos, mais ou menos superficiais, que podiam ter sido feitos com uma lâmina de barbear ou com a ponta de uma faca. Olhei para Léa como se olhasse uma estrangeira. Eu tinha consciência de seu sofrimento, eu constatava diariamente sua languidez, mas nem por um instante tinha imaginado que o mal pudesse se manifestar nela naquela forma. O que me tranquilizou (uma palavra um tanto inadequada), foi que ela não gritou comigo, nem recolheu seu braço. Ela não fugiu. Em vez disso, exibiu um olhar desolado, vencido. Imaginei que devia estar até aliviada pelo fato de eu ter descoberto a tempo seu horrível ritual clandestino.

Ela então me confessou que as mutilações já duravam alguns meses. Um dia, ela não sabia bem por que, pegou seu compasso no estojo da escola, fez um corte na pele, e isso fez ela se sentir bem. De forma que recomeçou imediatamente. E por ter medo de ser desmascarada, escolhia lugares mais ocultos: as coxas, o ventre.

Ela relatava isso com certa doçura, uma quietude na voz. Eu escutava, à beira do colapso.

Quando Léa parou de falar, eu deveria, talvez, ter me mostrado afável, afetuoso, mas não, eu agarrei seus ombros e berrei:

– Você tem que parar! Tem que parar agora!

Léa ficou espantada com minha virulência. Significava que as coisas eram mais graves do que ela pensava. Pois, no fundo, tinha se acostumado com as incisões e não via nada de alarmante nelas. Ao contrário, extraía disso algum apaziguamento. A seu modo, ela exteriorizava alguma coisa, liberava um *sangue ruim*. Do ponto de vista dela, eu deveria quase aprovar o procedimento. Minha fúria deixava Léa confusa e, acima de tudo, trazia de volta a ela o mundo real: as feridas autoimpingidas não eram portadoras de nenhuma cura, nenhum bem.

No mesmo dia contei a descoberta à minha terapeuta, que confirmou meus piores medos. No plano psicológico, aquilo era uma agressividade que ela dirigia contra si mesma. O fato de que os cortes fossem dissimulados não era uma comodidade: significava que o mal era mais profundo. O trauma, claramente, não tinha sido digerido de maneira alguma.

A psicóloga acrescentou um comentário que eu recebi como quem agarra uma boia salva-vidas: a mutilação correspondia a um desejo de retomar o controle da vida.

A dor monitorada – sim, por mais curioso que possa parecer – era o meio que minha irmã tinha encontrado para sair de sua passividade.

A ponderação durou pouco. A psicóloga, logo em seguida, pronunciou palavras terríveis:

– É preciso que você saiba que esses cortes podem ser sinais precursores de uma passagem ao ato suicida.

Léa deveria, assim, voltar a ter consultas com um profissional (ela havia interrompido as sessões depois de apenas alguns meses, e nós não tivemos coragem de contrariar sua vontade). Se recusasse, então eu deveria tomar as providências no lugar dela.

Léa recusou.

51

Faz dezoito meses que minha irmã frequenta esse *estabelecimento especializado* – é assim que o lugar é chamado publicamente.

Mas estou me precipitando. Primeiro, eu usei um subterfúgio, chamando à nossa casa um psiquiatra sem mencionar sua profissão. O plano era provocar uma conversa sem que ela desconfiasse de nada.

Ela aceitou. Será que estava crédula ou já tinha entendido o meu truque? Seja como for, o veredito era sem apelação: Léa sofria de uma depressão severa que exigia que fosse hospitalizada. Ela reafirmou sua oposição, mas foi obrigada a se submeter a uma HDT, uma hospitalização por demanda de terceiro.

O terceiro era eu. O objetivo era, como me confirmaram, proteger Léa contra uma eventual tentação de *acabar com tudo*. Na ocasião, o médico explicou que não servia para nada eu me esgotar em vãs tentativas de ajudar. Ele não tinha dúvida de minhas boas intenções, mas eu não conseguiria tirar ela do buraco, simplesmente não estava equipado para isso, existiam pessoas para cumprir a tarefa.

Por isso tudo, o instante em que, com um risco de caneta, privei minha irmã de sua liberdade e decidi o que era bom para ela vai me assombrar para além do horizonte do tempo.

No hospital, logo a consideraram uma paciente cujo estado inspirava as maiores preocupações.

Eu ainda acreditava (eu precisava) que ela simplesmente sofria de acessos de melancolia e fases de abatimento. Como resposta, disseram:

— Vamos cuidar para que ela se alimente normalmente e que tome conta da própria higiene enquanto tentamos dialogar com ela.

Foi suficiente para admitir que a gente tinha, definitivamente, entrado em outra dimensão.

Eles iniciaram aquilo que chamam *psicoterapia de apoio*, associada a um tratamento à base de ansiolíticos. Falaram de benzodiazepinas e de neurolépticos sedativos. Administraram também soníferos, no início.

Atordoado, todo dia eu me perguntava se tinha feito a coisa certa, se o remédio não era pior do que o mal, se eu não devia tirar Léa do *estabelecimento*. A resposta era:

— Nós compreendemos suas interrogações e seu sentimento de culpa. Mas nosso papel é dizer ao senhor que, se a levar de volta para casa, não podemos excluir a possibilidade de que ela atente contra a própria vida.

Depois do hospital, ela veio parar aqui. De fora, você iria jurar que é um hotel de categoria mediana, um tipo de Ibis, cercado de ciprestes. No interior, essa impressão não se dissipa. Os tons são pastéis, as cores são calmas, *eles* têm quartos individuais, cada um com uma pequena varanda. O que revela a verdade são as roupas dos funcionários. E os gritos que escutamos, de tempos em tempos. Ou o olhar alucinado de um paciente, ou o apagado de outro. Ou os passos erráticos de um terceiro.

Entre as paredes, são atendidos pacientes que exibem comportamentos bipolares, obsessivos-compulsivos, pânico e fobias, casos de adição, anorexias, bulimias, delírios de perseguição e doenças degenerativas da velhice (todos esses termos hoje são familiares para mim).

O estado de Léa foi se estabilizando pouco a pouco, mas ela ficou praticamente vegetativa.

Não se corta mais, deixou de fazer mal a si própria e vai vivendo numa espécie de moleza, de indolência.

Ninguém sabe me dizer quando ela vai sair dessa. Mas garantem que vai. Eu fico sentado, esperando.

Ligo para ela diariamente e faço uma visita cada fim de semana. Quando o tempo está bom, vamos ao parque, ela tem um banco preferido, que ninguém ousa reivindicar, bem ao lado de um limoeiro.

Aliás, ela viu recentemente um documentário sobre os limoeiros da Sicília, que se passa nos arredores de uma cidade chamada Noto, e implorou que eu prometesse ir lá com ela um dia. Prometi.

Ela me contou que Pierre Verdier fez uma visita dia desses, e eu fiquei idiotamente comovido.

Quando nosso avô me acompanha, ela pergunta a ele, invariavelmente, *como vai a loja?*, e, invariavelmente, ele responde que vai bem. Não diz que as pessoas leem cada vez menos jornais, que compram cada vez menos cigarros. Ela precisa se convencer de que algumas coisas são eternas.

(Escutando a conversa previsível deles, eu me lembro às vezes de o quanto eu queria, quando era adolescente, um destino que saísse do comum, e foi sem dúvida por isso que a dança me atraiu. Não sonhava com a glória, pelo menos não muito, mas com alguma coisa de singular, que fosse contra a rotina, que me levasse a novos territórios.

Hoje, eu poderia suplicar a um deus imaginário que me concedesse uma vida simples. Hoje, esse papo tranquilo num banco de parque me acalma.)

Certas tardes, a gente não diz nada durante horas.

De resto, foram essa imobilidade e essa moleza que, um dia, provocaram minha decisão de escrever nossa história.

Pois contemplando Léa sitiada em sua noite pessoal, eu me dei conta de que, para o mundo exterior, a gente não passava de vítimas *colaterais*. Por isso queriam que fôssemos vítimas invisíveis e silenciosas. Decidi não me render a essa invisibilidade, a esse silêncio.

Acho que escrevo também para tentar reconstruir nossas existências arruinadas. Penso que temos esse direito.

Gostaria ainda de dizer a você: no próximo domingo, vou levar Léa a Arcachon. A gente vai começar pela Ville D'Hiver, esse cenário cravado nas alturas, com seu casario extravagante e sua vista para a bacia.

Vamos admirar fachadas de tijolo, varandas coloridas, lambrequins, e vamos imaginar as mulheres que vinham se instalar nos alpendres nos finais de tarde, ou num jardim de essências variadas à sombra de um pinheiro-manso.

Depois, vamos descer lentamente na direção do mar. Léa adora caminhar pela praia. E talvez ela sorria, para me fazer crer que está melhor. Vamos improvisar um passo de dança, *como mamãe fazia*.

Eu queria tanto ver a minha irmã que dança.